Shinmai Sensho 信毎選書

愛と感動 信濃路うたの旅（上）

花嶋　堯春
Hanajima Takaharu

本書は、情報紙「週刊長野」に隔週で連載している「愛と感動の信濃路詩(うた)紀行」の初回2012年1月1日から14年10月18日までに掲載されたうち、61編をまとめ、一部加筆修正し収録したものです。

はじめに

歌は人生の友だち、といわれる。応援歌とも称される。うれしいにつけ、悲しいにつけ歌うことによって、喜びは倍加する。悲しみは癒される。歌が果たしている役割は、私たちの日々の暮らしに、ひいては人生そのものに、大きくかかわっている。

では、どのようにして歌は、人々の生活に溶け込んできたのだろうか。いつごろから人類は、歌を歌うようになったのだろうか。歌は世につれ、世は歌につれの親しい仲にありながら、あらためて疑問にとりつかれると、答えは容易に見つからない。

歌という漢字は、左の部分の偏が「可」を二つ重ね、右側のつくり「欠」を組み合わせて一字となっている。何やらここにヒントがありそうだ。小学生を主な対象に漢字の成り立ちを解説した『三省堂　学習漢字図解辞典』を開いてみた。

面白いことに「可」は、「口」と「丁」とで出来ており、口から声がすらすらと、滞りなく出てくることを表しているのだという。つまり、声が良い、さらには「良い」「ＯＫ」を指すことにもなっていく。

「欠」はどうか。人が口を大きく開けた状態を示している、と説明される。例えば、あくびをするときだ。大声で歌う場合でもある。確かに想像力を働かせて欠の形を眺めているうちに、大あくびをかいた横顔にも見えてくる。以上「欠」と「可」二つを合わせ、歌は口を大きく開いて良い声を出すことだと、なかなか上手な結論づけがされている。

こう教えられて思いついたことが一つある。生まれて程ない赤ちゃんが、泣き声以外に「あぶあぶ」とか「ばぶばぶ」などさまざまな声を発し始めるころのことだ。何を言っているのか周囲の大人には理解できないけれども、おっぱいを飲み、抱っこされ、気分の良い状況、ご機嫌上々の様子は、はっきりと伝わる。

楽しげに口を開け、楽しげに声を出し続けるしぐさに触れるたび、赤ちゃんなりに懸命に歌を歌おうとしている。気分の良さ、感動を声で表そうとしている—。そう思えてならない。人間が歌を歌い始めた原初の姿があるような気がしてならない。

そんなことを想像しているうちに、私たちが日ごろ口ずさむことの多い愛唱歌が生まれた舞台、ゆかりの地を訪ね歩きたくなった。作詞家が詩を練り、作曲家がメロディーを構想し、大勢の人々が歌って踊った現場に立つことで、何が見え、何が聞こえてくるか知りたくなった。

２０１２（平成24）年の元日から週刊長野新聞で「愛と感動の信濃路詩（うた）紀行」と題する連載を始めた動機は、何よりもここにあった。カラオケのマイクさえ握れない音痴の身であることを踏まえれば、ほとんど蛮勇と言ってもいい。それにもかかわらずあえて乗り出したのは、一つ一つの歌が人の生きる喜び、生きる悲しみ、人の世の喜怒哀楽を多様多彩に表現してみせる魅力に勝てなかったからだ。

取り上げた対象は、唱歌童謡、民謡など一般的な歌（ソング）にとどまらない。曲を伴わない短歌、俳句はじめ広く詩（ポエム）を加えた。路傍の石碑に刻まれた言葉であっても、そこに詩心を感ずれば含めた。単に「歌」紀行とせず、「詩」紀行の文字を用いたゆえんである。

姨捨の名月など信州には古代からの歌枕が数多い。唱歌や民謡の作詞、作曲者も輩出してきた。あまたの詩からどれを選ぶか、取捨選択には迷いと悩みの連続だった。結果として掲載できたものは、ごく限られている。

これを呼び水に読者の方々それぞれが、自分好みの詩に目を向け、その人なりの詩紀行を試みてもらいたい。今は切にそう願い、期待している。

目次

第4章　詩　143

第5章　俳句　181

第6章　民謡・新民謡

第1章　唱歌・童謡・わらべうた

野尻湖から婚約者に届けた愛

しずかな湖畔

一、しずかな湖畔の森のかげから
もう起きちゃいかがとカッコーが鳴く
カッコー　カッコー
カッコー　カッコー　カッコー

湖面のきらめきがまぶしい。風に押されてさざ波が、陽光を跳ね返しながら入り江の奥へ奥へと向かっていく。その行き着く先の岸辺は、大きく弧を描いて緑深い林に包まれている。野尻湖の東側、奥座敷の風情が色濃い。遊覧船の乗り場やナウマンゾウ博物館のある観光の中心、西側とは反対に位置する。

湖上へ突き出た半島状の竜宮崎と寺ケ崎に挟まれた桐久保地区。ここが「しずかな湖畔」発祥の地と知る人はそう多くない。それどころか作詞者さえ、歌唱集でもほとんど「不詳」扱いにされている。どこで、誰が作ったのか定かでないというのだろうか。夏の林間学校などで必ずといっていいほど歌われた。ハイキングでも好んで口ずさまれる。親しまれているのに、これは不思議だ。

桐久保地区からの野尻湖

野尻湖をめぐる人や風物をエッセー風につづった『野尻湖物語』（「信濃町文化によるふる里おこしの会」発行）のページをめくっているときだった。「静かな湖畔」と題した一項に、目がくぎ付けになる。そこには、作詞者の名前が登場するだけでなく、作詞の舞台裏が詳しく描かれている。なるほどそういうことだったのか、一気にもやもやが吹っ切れた。

要約するとこうだ。

1932（昭和7）年のこと。湖畔の桐久保に東京YMCAが、青少年のためのキャンプ場を設けた。それから3年。35年の夏、一人の青年がリーダーと

野尻キャンプの野外礼拝所

して野尻湖キャンプに加わる。慶応大学法学部を卒業し、紡績会社への就職を断って牧師の道を選んだ山北多喜彦だ。

彼はその春、やはりクリスチャンで6歳年下の小平恵美子と婚約したばかりだった。5週間のキャンプ中、東京の婚約者が恋しくてならない。夜ごとランプの下で手紙を書き、送った。8月10日消印の一通にこうある。

〈郭公（かっこう）がしきりにないてゐます。こんな詞がうかんできました。〝静かな湖畔の森の蔭から　もうおきちゃいかがと郭公が呼ぶ。カッコー、カッコー、カッコ　カッコ　カッコ〟

これにいい曲をはめてみませう〉

『野尻湖物語』の著者、新堀邦司さんも、長らく東京ＹＭＣＡとキャンプ場営業に関わった。先輩牧師、山北への尊敬と敬愛が厚い。

恵美子夫人との間に1男3女に恵まれた山北牧師は68年、60歳で亡くなった。それから

14年後、遺品を整理していた夫人が、婚約当時の手紙を見つけたのだ。82年8月11日付朝日新聞は「湖畔のカッコー　身元はっきり　作詞者は山北多喜彦さん」と大きく伝えた。

それでも、今なお「作詞者不詳」の扱いがされがちなのは、遺族があえて著作権にこだわらなかったからだ。歌い継がれるだけで満足―。爽やかな対応に頭が下がる。

若い婚約者二人を仲立ちとして「しずかな湖畔」は生まれた。愛の共鳴に思いをめぐらせながら湖の外周を歩く。人の声一つしない。カッコウも鳴かない。見下ろす湖水に山影だけが映り、青く深くどこまでも澄んでいた。

最後列が山北多喜彦
（野尻キャンプで）

〔ＹＭＣＡ〕キリスト教青年会を意味する世界的な青年団体。１８４４年に英ロンドンで設立。日本では１８８０年に東京で結成された。

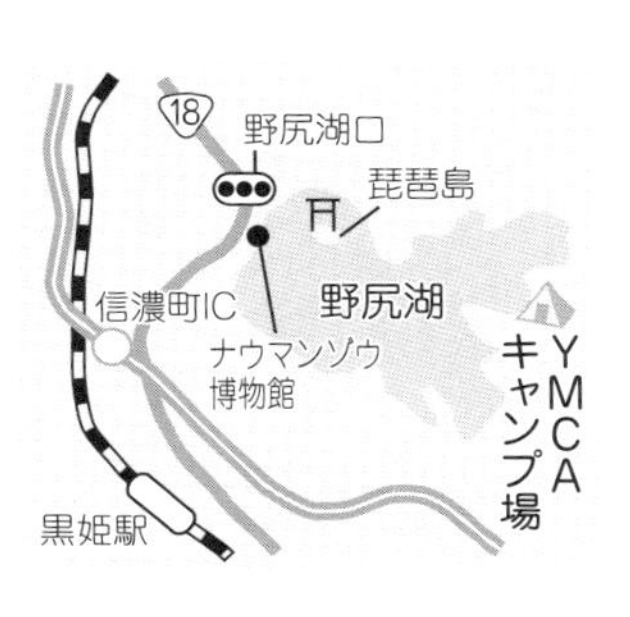

待ちわびた春の喜び　簡潔・明快に

春が来た

高野　辰之　作詞
岡野　貞一　作曲

一、春が来た　春が来た　どこに来た／山に来た　里に来た　野にも来た

二、花が咲く　花が咲く　どこに咲く／山に咲く　里に咲く　野にも咲く

三、鳥が鳴く　鳥が鳴く　どこで鳴く／山で鳴く　里で鳴く　野でも鳴く

万物よみがえる季節の訪れ—。その喜びはいつの世でも、どこの地方でも変わりがない。
1000年以上も昔の万葉人は、ほとばしる滝のほとりにワラビが萌え出たのを目にし、

感激の歌を詠んだ。

石走る垂水の上のさわらびの萌え出づる春になりにけるかも

南北に長い日本列島だ。南の島が初夏の陽気で汗ばむころ、北の雪国ではようやく黒い土が顔をのぞかせたりする。４月末から5月初めの連休中、北信五岳の一つ斑尾山（１３８２メートル）の周辺を、毎年一度は歩いている。ブナが芽吹き始めた林の中は、分厚い雪も硬く締まっていて歩きやすい。

斑尾山の麓に見るブナの根開き

まだ一面の雪なのに、樹木の根元だけは、すり鉢状にくぼんでいる。「根開き」とか「根明け」「根周り穴」などと呼ばれる現象だ。近づいてのぞき込めば、中は幹を囲んでササや落ち葉である。緑濃いユキツバキの葉が日光を照り返し、赤い花を咲かせていることもある。

遅い春の到来を実感させる感動の一瞬だ。日差しが幹に反射して放つ放射熱や、温められた幹そのものの熱が、冬の間がっちり取り巻いていた雪を解かすのだ。それを幹回りに伝い落ちる雨、あるいは流れ込む南風が手伝う。

中野市の生家近くにある高野辰之記念館

山の奥深く春がたどり着いた証しである。
その斑尾山の南東側に開けた中野市永江（旧下水内郡永江村、のちに永田村）で高野辰之は生まれ育った。より雪深い飯山市や栄村ほどではないにしても、同じく一冬を雪に閉ざされて過ごす。だからこそ唱歌「春が来た」は、人々の気持ちを高揚させる活力と生気にあふれている。いつの間にか誘われるように歌いたくなり、歌いながら浮き浮きした気分に包まれてくる。
「春が来た」は１９１２（明治45）年3月、子どもたちの教科書『尋常小学唱歌第三学年用』に掲載された。全部で20曲の中の一つだった。当時は「文部省唱歌」というだけで、作詞者高野、作曲者岡野の名は表に出ていない。「春の小川」「紅葉」「故郷」などを含め、二人の名コンビが広く知られたのは、戦後の昭和20年代になってのことだ。
今日まで１００年間、時代を超えて愛唱され続けてきた。それは何よりも、山に、里に、野にと繰り返す詞が、易しく分かりよいからだろう。加えて歌う人それぞれの想像力をかきたてるからではないだろうか。山に咲く花はコブシかもしれない。里で鳴く鳥は、ウグイスでもいいし、ヒバリでもいい。

斑尾山の麓ではオオルリが、濃い青色の羽を輝かせて鳴いている。カタクリやキクザキイチゲが咲き群れている。長い間じっと耐えた分、春は一気に爆発させてやってくるのだ。

高野辰之
（高野辰之記念館提供）

岡野貞一
（わらべ館提供）

〔**文部省唱歌**〕高遠出身の伊沢修二が米国に学んで唱歌を導入。１９１１年から刊行された尋常小学校用教科書に高野辰之らが１学年20曲ずつ全120曲を作詞作曲し、掲載された。信州コンビの活躍が光る。

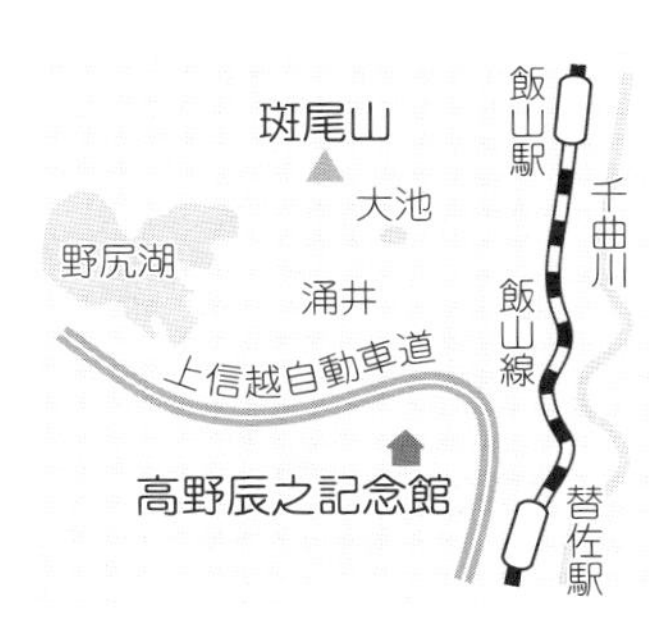

春浅い信州をしみじみと

早春賦

吉丸一昌 作詞
中田　章 作曲

一、春は名のみの　風の寒さや／谷の鶯(うぐいす)　歌は思えど
時にあらずと　声も立てず／時にあらずと　声も立てず

二、氷解け去り　葦は角(つの)ぐむ／さては時ぞと　思うあやにく
今日もきのうも　雪の空／今日もきのうも　雪の空

にわかに勢いを強めた低気圧が北海道沖に抜け、暖かな南風に代わって大陸の寒気が吹き込んだ日だった。空は晴れ、日差しも強いのに、風が冷たい。

遠く北アルプスの山々が真っ白に輝く安曇野を歩いた。明科側から犀川に架かる長い橋を渡り、すぐまた高瀬川を越える。

ああ、これなんだ…と思った。川風が向かって来る。ポケットから手袋を取り出し、コートの襟を立てた。まさしく「春は名のみの風の寒さ」である。もとより、ウグイスのさえずりが聞こえるはずもない。

こんどは穂高川を通り過ぎた。車の往来が激しい道路を離れ、田の中の小道をたどる。「早春賦碑　600m」の看板が目に入る。

ワサビ畑の脇に短いながらも、遊歩道が設けられている。木製の橋や階段に導かれ、穂高川の堤防を上った。「早春賦」の歌碑が、桜並木の傍らにあった。

作詞者の吉丸一昌は1873（明治6）年9月15日、現在の大分県臼杵市海添に生まれた。東大

雪の北アルプスを背に立つ早春賦碑

春を待つワサビ田

国文科を卒業し、東京音楽学校教授になる。
1911(明治44)年、創立10周年を記念した旧制大町中学(現大町岳陽高校)校歌の作詞で安曇野を訪れた。その折に受けた感銘が2年後の「早春賦」誕生につながったとされる。だから歌碑は、大町市の文化会館前にも「早春賦発祥の地」として立っている。

その辺の具体的ないきさつになると、必ずしもはっきりしない。九州育ちの国文学者が、山国で暮らす人々の春を待つ心情を、よくぞこれほどまで巧みに、こまやかに表現できたものだ。ただただ感心してしまう。

氷が解けて消え、アシなど草木の芽が角のように膨らみ始める。いよいよ春か、と思えば、あいにく空は雪模様でつれない。とはいえ、ひたすら耐え忍ぶだけではない。厳しさの中に熱い命の鼓動が秘められている。3番が象徴的だ。

春と聞かねば　知らでありしを／聞けば急かるる　胸の思いを
いかにせよとの　この頃か／いかにせよとの　この頃か

春は人の胸の内にも燃えるものを生じさせる。夢、希望、志、恋…。春と聞けば、それらがふつふつと湧き上がってくるのだ。この歌が時代を超えて愛唱される源だろう。

吉丸一昌

〔賦〕早春賦の「賦」は詩や歌を意味する。つまり、早春の詩歌ということになる。漢文の韻文体の一つで、事実や風景をありのままに表し、心に感じたことを加えたものを指す。

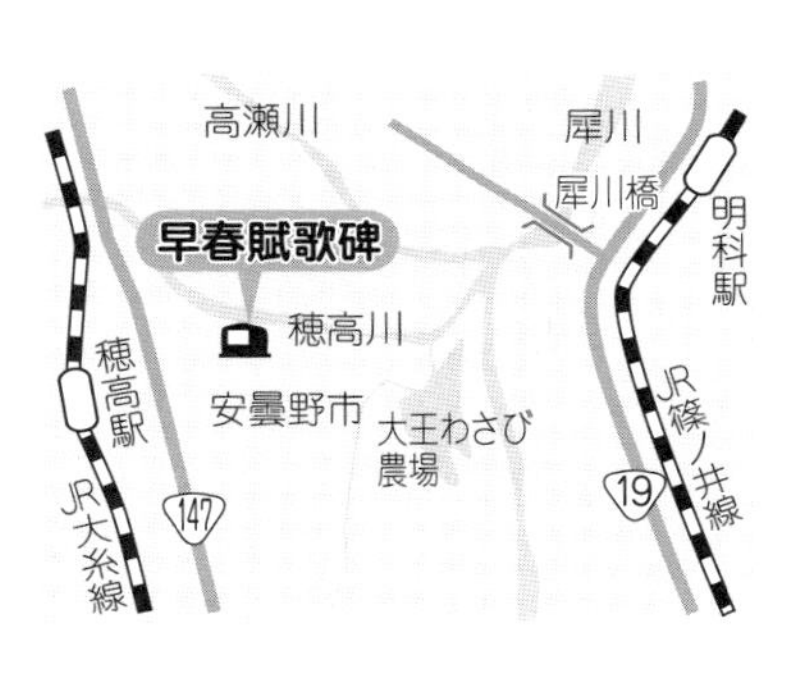

進取の気性が宿る高遠藩校

蝶々（ちょうちょう）

野村秋足（あきたり）　作詞

ちょうちょう　ちょうちょう　菜の葉にとまれ
なのはにあいたら　桜にとまれ
さくらの花の　さかゆる御代（みよ）に
とまれよ　あそべ　あそべよ　とまれ

あれ、変だぞ。〈さかゆる御代に〉なんて聞いたことがない。〈花から花へ〉じゃないか…。たぶん、いぶかる人が多いことだろう。確かに１９４７（昭和22）年からは、小学1年生用の教科書に〈さくらの花の　花から花へ〉で登場する。だから今の世代の大方は、そう教室で習った。そして記憶し、親しんできた。

ところが、それ以前、１８８１（明治14）年に文部省が出した「小学唱歌集　初編」では〈さくらの花の　さかゆる御代に〉である。長く続いた徳川幕府の世に幕が下り、天皇の治世に移った時代の空気を反映している。

王政復古の大号令の下、明治維新政府は富国強兵、文明開化の近代化策を推し進めた。１８７１（明治４）年に文部省を設立、翌年に学制を公布する一方、欧米に多くの留学生を派遣し、欧米からは多数の御雇外国人教師を招いた。

高遠城跡の一部として史跡になっている進徳館

そんな新しい教育の推進役を担った一人に、信州は伊那、高遠藩出身の伊沢修二（いさわしゅうじ）がいる。そしてその伊沢こそ、唱歌「蝶々」の実質的な生みの親である。

伊沢は22歳で文部省に入ると、24歳の若さで愛知県師範学校長に任命されるほどの秀才だった。次の年には米国へ留学し、音楽教育家メーソンとの運命的な出会いをする。

日本人にはなじみのない西洋音楽を、オルガンを使って基礎から仕込まれた。そして日本人に合いそうな曲に日本語の詞をつけてみるよう言われる。

とっさに思いついた歌があった。師範学校長をしていた時、部下の国学者、野村秋足に集めさせたわらべうたの中に含まれていた「胡蝶（こちょう）」である。

〈蝶々ばっこ　蝶々ばっこ　菜の葉に止まれ　菜の葉にあいたら　この手に止まれ〉

こんな詞が、スペイン民謡ともドイツ民謡ともいわれるメロディーに、ぴったり合うのだった。やがて帰国した伊沢の教科書編集を通じ、唱歌「蝶々」に生まれ変わっていく。

伊沢たちが学んだ進徳館の教室

信濃路を代表する桜の名所、高遠城址公園で、これまで何度か花見を楽しんだ。そのつど道路を隔ててたたずむ高遠藩校「進徳館」にも足を運んでみた。

かやぶき平屋のどっしりしたたたずまいが、花に浮かれた気分をぐっと引き締めてくれる。古びた教場などを目にすると、勉学に励む先人たちのひたむきさが伝わってくる。
１８６０（万延元）年に創設された進徳館で、伊沢は11歳から学んだ。下級武士の10人兄弟の長男、貧しさを乗り越えながらである。志を高く抱き続け、子供たちの心の中にこそ、花から花へチョウを舞い立たせた。

留学中の伊沢修二
（伊那市教育委員会提供）

〔**詞と詩**〕欧米で作られた曲に日本のわらべうた、民謡などのことば、つまり「詞」を当てはめる。これを「填詞（てんし）」と称し、歌詞や作詞に「詩」ではなく「詞」を使う背景でもある。

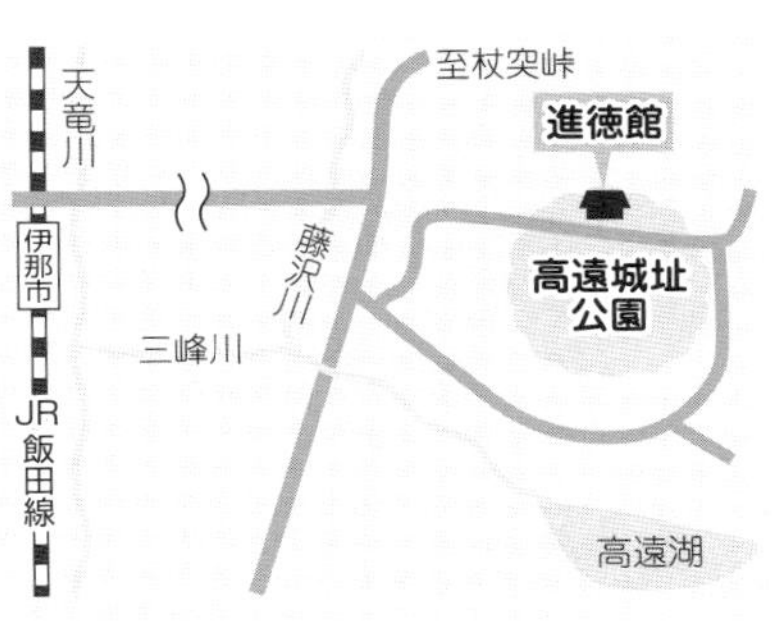

難所の碓氷峠を越えながら

紅葉

高野辰之 作詞
岡野貞一 作曲

一、秋の夕日に　照る山紅葉(もみじ)／濃いも薄いも　数ある中に
松をいろどる　楓(かえで)や蔦(つた)は／山のふもとの　裾模様(すそもよう)

二、渓(たに)の流れに　散り浮く紅葉／波にゆられて　離れて寄って
赤や黄色の　色様々に／水の上にも　織る錦(にしき)

秋の深まるころ、多くの人が口ずさむこの歌の舞台は、作詞者・高野辰之のふるさと、北信濃の斑尾山周辺だと、すっかり思い込んでいた。いや、違う。旧国鉄信越本線の群馬

県側、碓氷峠に近い熊ノ平駅辺りから眺めた景色だ―。そう聞かされれば、えっ？と戸惑ってしまう。

もやもや気分を晴らすには、目で確かめるのが手っ取り早い。秋晴れの天気予報に促され、軽井沢に向かった。

碓氷峠の名所の一つ、めがね橋

信州と上州を隔てる碓氷峠は古来、人や物の往来に立ちはだかる難所だった。江戸時代の中山道は、上州坂本宿から尾根伝いの急坂を標高１１８０メートルの旧碓氷峠まで上り、信州軽井沢宿と結んでいる。１８８４（明治17）年５月、もっと坂を緩やかにするため、山腹を削って新道を切り開く。新しい碓氷峠の標高は９５８メートル。２００メートル以上も低くなった。現在の国道18号のルートである。

この新道を使って資材を運び上げ、93年には横川―軽井沢間に鉄道が敷かれた。レールとレールの間にもう１本、刻みのあるレールを通し、機関車の歯車とか

熊ノ平駅の跡

み合わせて急坂にも耐えるアプト式だ。
　ほぼ中間、標高６８９メートルに設けられたのが熊ノ平駅である。蒸気機関車の水を補給し、燃料の石炭を補う。上りと下りの列車が擦れ違う場所でもあった。だから停車時間が長い。アプト式では列車の速度は、時速10キロ弱だった。機関車の吐き出す猛烈な煙に悩まされながらも、時間はたっぷりとある。
　「紅葉」は１９１１年に文部省唱歌として生まれた。東京で活躍する高野が、生まれ育った下水内郡永田村（現中野市）との間を行き来しながら、この辺の景色をゆっくり楽しんだことは十分考えられる。
　１００年以上経た今は、新幹線でアッという間に通り過ぎる。時代の差を感じつつ軽井沢の東外れ、碓氷峠から国道18号の坂を下った。

１８４カ所もあるカーブの連続は、まるで紅葉街道である。右に左に曲がるたび、本のページをめくるがごとく、赤や黄色に彩られた山襞（やまひだ）が現れては消える。

熊ノ平駅の跡地に立ち寄った。廃虚の寂しさとは対照的に、見上げる山、見下ろす谷は華やいでいる。かつて線路を渡したれんが造りのめがね橋が、西日を浴びて色とりどりの木々の間に溶け込んでいる。まさに〈山のふもとの裾模様〉が織り成す見事さを間近にし、ここが唱歌「紅葉」を紡ぎ出したという説が、胸に落ちてくるのだった。

〔**アプト式**〕急斜面に対応するための歯車式鉄道。発明者R・アプトの名にちなむ。碓氷峠ではドイツのハルツ山鉄道を参考に、標高差５５３メートルを乗り越えた。

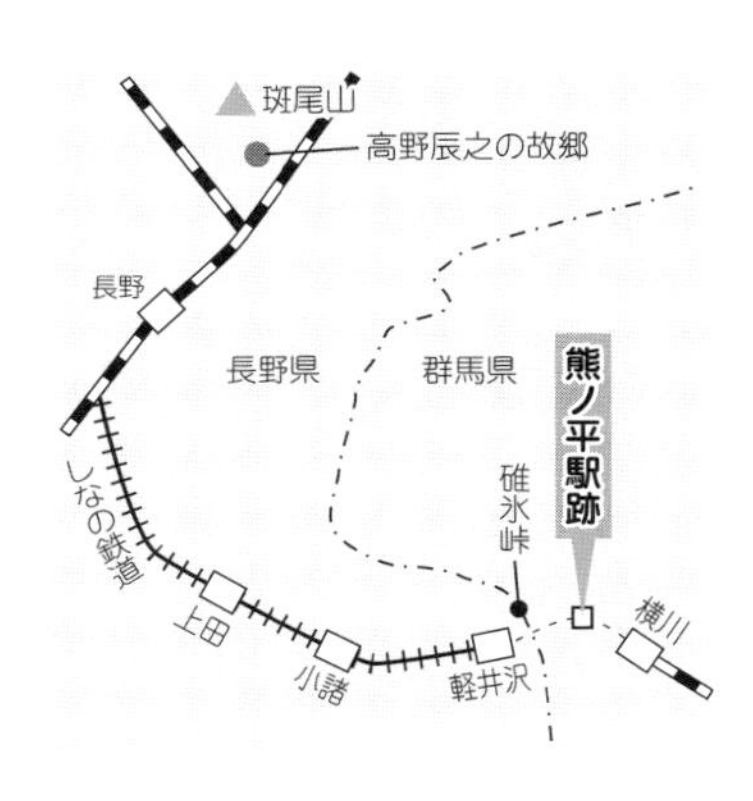

物づくりの誇り高らかに

村のかじや

文部省唱歌

一、しばしも休まず　槌（つち）打つ響き／飛び散る火花よ　走る湯玉
ふいごの風さえ　息をも継（つ）がず／仕事に精出す　村の鍛冶屋（かじや）

二、あるじは名高い　はたらき者よ／早起き早寝の　病（やまい）知らず
なが年きたえた　じまんのうでで／打ち出す　すき　くわ　心こもる

田や畑、山での仕事が手作業でなされていたころだ。かま、くわ、なたなどの道具は、近所の鍛冶屋さんが注文に応じて作っていた。トンテンカン、トンテンカン…。その仕事場からは、日がな一日、槌打つ音が響いてくる。真っ赤に焼いた鉄片を大槌と小槌で交互

に打ちつけ、平らに延ばしては焼き、また打つ。

飛び散る火花の向こうに鍛冶屋は、注文に来た農家の人の親しい顔を思い浮かべていたのではないだろうか。手仕事の充実感、磨いた腕の誇り、皆の役に立つことの喜びだ。

「村のかじや」がもともと１９１２（大正元）年に文部省唱歌として登場した際には、４番まであった。

三、刀は打たねど　大鎌小鎌
　　馬鍬に作鍬鋤よ鉈よ
　　平和の打ち物　休まず打ちて
　　日毎に戦う　懶惰の敵と

四、稼ぐに追いつく　貧乏なくて
　　名物鍛冶屋は　日々に繁昌
　　あたりに類なき　仕事のほまれ
　　槌打つ響に　まして高し

信濃町に残る中村家住宅の鍛冶場

かやぶき屋根の中村家外観

とりわけ3番には、庶民の暮らしを支える心意気が、小気味よく歌い込まれている。城下町の一角、鍛冶町などと呼ばれる所で、戦闘用の刀を作る「刀鍛冶」ではない。村のあちこちで、かま、くわなどを手掛ける「野鍛冶」たちである。日常生活用の道具をせっせと作り、戦う相手は懶惰、つまり自分の怠け心だと戒める。

ところが太平洋戦争下の42（昭和17）年、国民学校向けに改定するに当たり3、4番がそっくり削られた。

1番は語句が一部変わり、2番は大きく改められている。特に後半の2行だ。大正元年の歌詞は「鉄より堅しと　ほこれる腕に／勝（まさ）りて堅きは　彼がこころ」である。これが「鉄より堅いと　じまんの腕で／打ち出す刃物に心こもる」となった。

さらに戦後、47（昭和22）年に再び手直しされる。「刃物」が「すき、くわ」に戻るなど、今日の姿に落ち着いた。

江戸時代から上水内郡信濃町は、信州鎌の産地として名高い。国道18号線（旧北国街道）沿い、かやぶき屋根の古民家が人目を引く。信州「村のかじや」友の会が保存に力を入れる中村家住宅だ。中に踏み入るや、昔懐かしい空気に全身を包まれた。往時のままの鍛冶場が、そのまま残されている。槌の響きが聞こえ、飛び散る火花が目に映るかのようだった。

〔**村の鍛冶屋歌碑**〕作詞者と作曲者は不詳。歌詞の舞台も特定されていないけれど、信濃町柏原のほかに、兵庫県の金物産地である三木市の金物資料館敷地内にある。

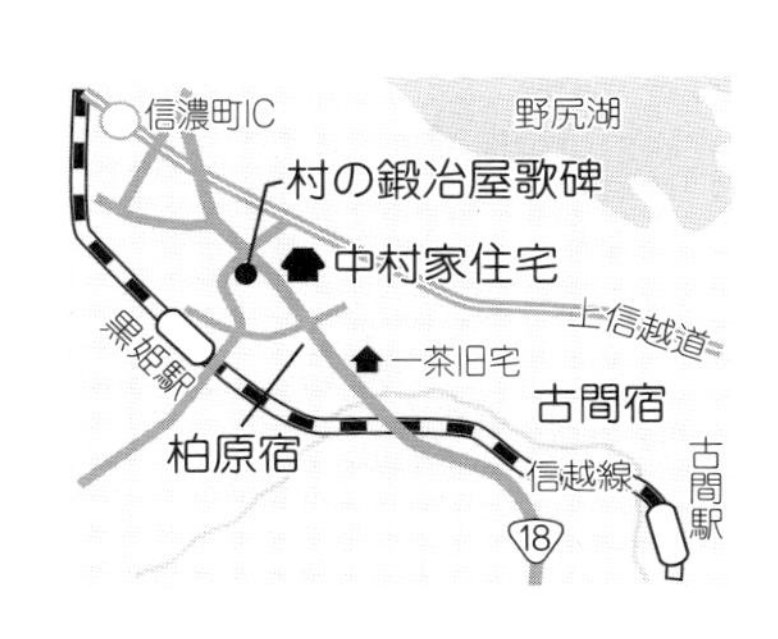

母に寄り添う安らかさ

揺籠（ゆりかご）のうた

北原　白秋　作詞
草川　信　作曲

一、揺籠のうたを　カナリヤが歌うよ／ねんねこ　ねんねこ　ねんねこよ

二、揺籠のうえに　枇杷（びわ）の実が揺れるよ／ねんねこ　ねんねこ　ねんねこよ

ゆっくり、ゆっくり低くささやくように、口ずさむ。やさしく、やさしく語りかけるように、繰り返す。だれが歌っていても共通して、穏やかな時間が流れていく。すやすやと、まるで赤ちゃんの寝息が聞こえてきそうだ。眠りながら時々、口元を緩ませて笑みをたたえる表情が、目に浮かぶようだ。

国内外に子守り歌は数多いけれども、これほど心和ませ、幸せな気分に浸らせてくれるのはほかに知らない。北原白秋と草川信のコンビが生んだ傑作中の傑作だ。

白秋の詞は１９２１（大正10）年、月刊誌「小学女生」８月号に掲載された。草川の作曲は、22年６月である。これに先立つこと10年前、１９１１（明治44）年発刊の白秋第２詩集『思ひ出』には、「母」と題した詩が詠み込まれている。

県町の草川信の生家付近

〈母の乳は枇杷より温（ぬる）く／柚子（ゆず）より甘し〉で始まり、途中〈肌さはりやはらかに／抱かれて日も足らず〉と織り込む。一日中その胸に抱かれていてもあきることがないというのである。そして〈母はわが凡（すべ）て〉と結んでいる。赤ちゃんそのものになりきった詩だ。対照的に母親の視線で構成されている「揺籠のうた」と、一対の関係にある。

草川の年譜によれば、これを作曲した前年の10月、長男宏が生まれた。それから８カ月後ということに

草川の生家に近い信濃教育会館などに面した通り

なる。かわいい盛りだっただろう。

三、揺籠のつなを　木ねずみが揺するよ
　ねんねこ　ねんねこ　ねんねこよ
四、揺籠のゆめに　黄色い月がかかるよ
　ねんねこ　ねんねこ　ねんねこよ

白秋の詞を念頭に曲想を描く草川の脳裏には、絶えずわが子の面影が去来していたのではないだろうか。そう考えずにおれないほど、曲の初めから終わりまで慈愛に満ちている。無心に育つ小さな命への愛（いと）おしさにあふれている。

草川信は1893（明治26）年2月14日、上水内郡長野町（現長野市）県町に生まれた。父親の一成（いっせい）、母親の幾久（きく）は共に松代西条村出身で、その四男としてである。

善光寺の南西1キロほど、そのころの県町はまだ自然が豊かだった。西に切り立った旭山（785メートル）を見上げる。その麓、裾花川から取水した用水の鐘鋳川が、軽やかに流れていた。いま鐘鋳川は、至るところコンクリートの下に閉じ込められ、信少年が近所の遊び友達と戯れた名残は、見つけ出すすべもない。

家並みもすっかり変わった。それでも信濃教育会やひまわり公園前の車道から細道へ入ると、入り組んだ小路が昔の面影をとどめる。

生家はこの辺りと教えられた空き家の塀際で猫が２匹、日なたぼっこをしていた。草川メロディーをはぐくんだ原風景の安らかさである。

北原白秋（公益財団法人北原白秋生家記念財団）

28 歳ごろの草川信（草川誠氏提供）

〔**小学女生**〕鈴木三重吉が創刊した童話・童謡の児童誌『赤い鳥』に続いて実業之日本社が１９１９（大正８）年10月から発行した。姉妹誌『小学男生』と共に多くの童謡を世に送り出した。

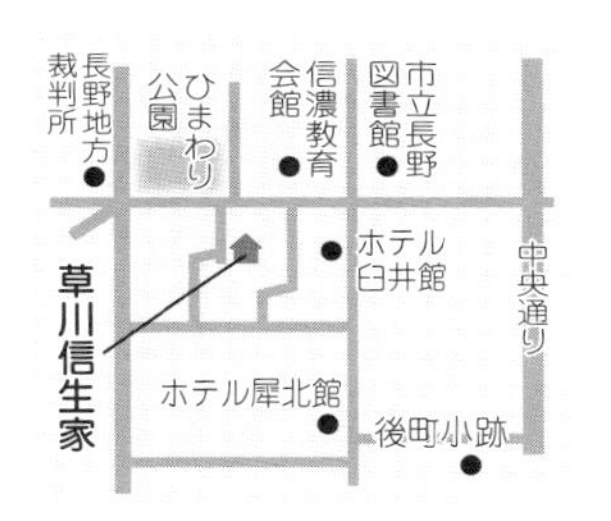

清新な叙情をさわやかに

みどりのそよ風

清水かつら　作詞
草川　信　作曲

一、みどりのそよ風　いい日だね／ちょうちょもひらひら　まめの花
なないろばたけに　妹の／つまみ菜摘む手が　かわいいな

若草の上に腰を下ろしていた。新緑に薫る木々の枝の間を吹き抜け、穏やかな風が通り過ぎていく。長野市篠ノ井の茶臼山恐竜公園の一角に「童謡の森」と名付けられた広場がある。その屋外ステージを舞台に、５月中旬の週末、篠ノ井童謡祭が開かれた。快晴にも恵まれ、歌声に耳を傾けるには絶好の一時だった。

山の斜面にある公園の入り口から広場の辺りまで、標高差は１００メートル近い。巨大

な恐竜の模型、そこに上って戯れる子どもたちを眺めながら会場に着くと、すっかり汗ばんでいる。だからなお、肌をなでるそよ風の心地よさといったらこの上ない。しかもステージからは、あの「みどりのそよ風」の合唱が響いてくる。何と素晴らしいタイミングだろうか。

和やかな篠ノ井童謡祭

　もったいないほど軽やかに、爽やかに心満たされた。信里小学校など篠ノ井地区6小学校の児童が、代わる代わる日頃の練習成果を披露した後である。大人の合唱団「唱歌と童謡を愛する会」が登場した。曲目は若葉の季節にふさわしく、陽光と微風の天候にぴったりの「みどりのそよ風」だ。

　悲惨を極めた先の大戦が終わって間もなく誕生している。ＮＨＫのラジオ番組を通じ、小学生の合唱曲として広く親しまれるようになる。

　作曲の草川信は、旧松代藩士の長男ながらも長野

童謡の森にある歌碑

市県町で生まれ育った。「夕焼小焼」「揺籠（ゆりかご）のうた」「どこかで春が」などの代表作でなじみが深い。

作詞の清水かつらは「すずめの学校」や「くつが鳴る」を思い起こせば分かりが早い。1898（明治31）年、東京・深川で常陸土浦藩の江戸詰め藩士を父親に生まれた。本名が「桂」で長男。後に引っ越した埼玉県和光市の田園風景が、歌詞の背景を成している。

2人とも武士の血筋を引く家のしつけを受けつつ、身近な川や森で豊かな自然の恵みにあずかる少年期を過ごした。それが童謡の作詞、作曲に生きている。

「みどりのそよ風」は2番で小鳥の子育て、3番で野球遊び、4番で魚釣り、5番で子ども同士の友情へと展開する。それを草川一流の流れるようなメロディーがつないでいく。

四、みどりのそよ風　いい日だね／小川のふなつり　うきが浮く
静かなさざなみ　はね上げて／きらきら金ぶな　うれしいな

五、みどりのそよ風　いい日だね／遊びにいこうよ　丘越えて
　あの子のおうちの　花畑／もうじきいちごも　摘めるとさ

敗戦の傷跡がいまだ癒えず、人々は空腹と不安の中で日々を過ごしていた。歌っていても聞いていても、自然に希望が膨らんできたのではないだろうか。それから70年近い時を経て、明るい方へ目を向かわせる、この歌の生命力は衰えていない。童謡祭の周りを見渡せば、青葉若葉がきらきらと翻り、拍手を送っているかのようだった。

清水かつら
（和光市提供）

〔**みどりのそよ風歌碑**〕長野市の童謡の森のほか、東京都板橋区の東武東上線成増駅にもある。清水かつらゆかりの和光市のすぐ隣だ。

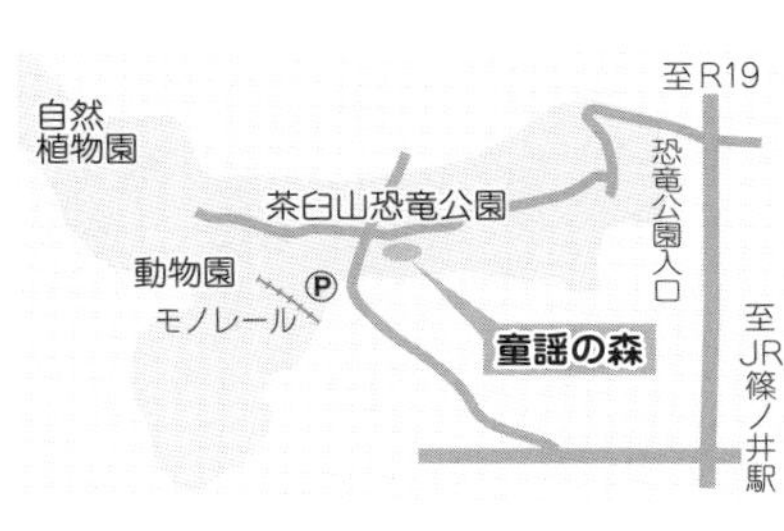

光る中山晋平の熱き思いやり

背(せい)くらべ

海野　厚　作詞
中山　晋平　作曲

柱のきずは　おととしの／五月五日の　背くらべ
粽(ちまき)たべたべ　兄さんが／計(はか)ってくれた　背のたけ
きのう　くらべりゃ　何のこと／やっと羽織の　紐(ひも)のたけ

初夏、こいのぼりが青空に映える。このごろも千曲市の森将軍塚古墳直下で、１００匹ほどが一列になびいていた。須坂市の観光名所、臥竜公園南を流れる百々川(どどがわ)でも、たくさんのこいのぼりが、列をなして川の上を横断していた。

どれも元気がいい。活力にあふれる光景を目にするたび、「背くらべ」を口ずさみたくなる。口ずさんでいるうちに、一人の親しい顔が浮かんでくる。

倉田稔先生。長野市松代町に生まれ、後町小や松代小の校長を歴任した。傍らトンボとかガの研究に打ち込み、自然の仕組み、不思議さを社会人にも興味深く説いて回った。その倉田先生の愛唱歌の一つが「背くらべ」である。

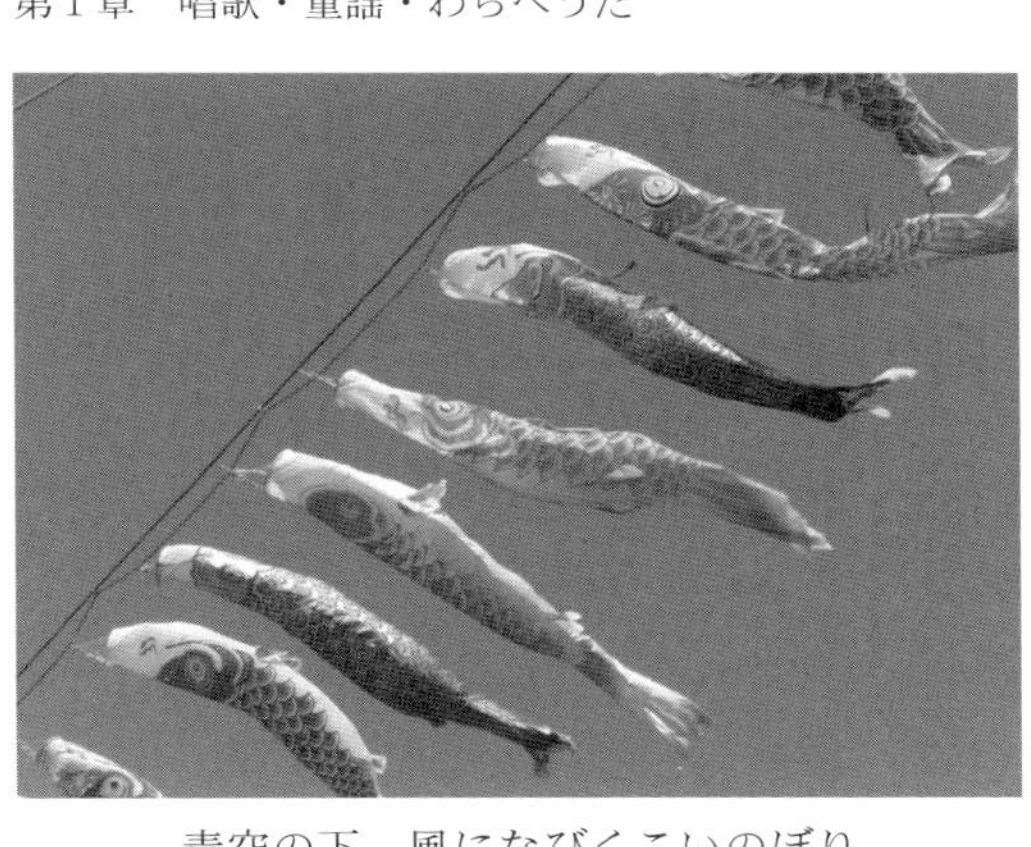
青空の下、風になびくこいのぼり

「先生、そろそろ例の歌じゃないですか」

「そうかい？　それじゃ、ひとついくか」

先生は手拍子を取りながら歌いだす。やがて腰を落とし、柱に手で横線を刻むようなしぐさを交える。〈きのうくらべりゃ何のこと　やっと羽織の紐のたけ〉。歌い終わるころ、目には大粒の涙が光っていた。あれは何だったのだろう。今しきりにしのばれる。２０１２年１月、79歳で亡くなられた。もう尋ねようもない。

おそらく、各地で共に学び、育っていった大勢の教え子たちの姿が、去来していたのではないだろう

「背くらべ」歌碑（中野市中山晋平記念館）

か。子どもたち一人一人の伸び行く力、確かな成長への感動の涙という気がする。

作詞した海野厚も、きょうだい愛が深かった。現在の静岡市に生まれ、4男3女の長兄である。とりわけ17歳年下の末弟をかわいがった。上京して早稲田大学英文科に学んでいるころも、5月5日には帰郷して弟や妹と背比べをする。そんな家族の雰囲気を童謡に仕立てたのだった。

レコード化するに当たり、作曲を引き受けた中野市出身の中山晋平は、2番も作詞するように勧めた。〈柱に凭（もた）れりゃ　すぐ見える〉で始まり、〈一はやっぱり　富士の山〉で終わる、あの2番である。

既に童謡、民謡、歌謡曲と人気を集め、大忙しの中山だったが、最優先で「背くらべ」を作曲した。若い命を次々に奪う肺結核に、海野が侵されていることを知っていたからだ。

こうして1923（大正12）年、発表にこぎ着けた。しかし2年後、海野は28歳10カ月

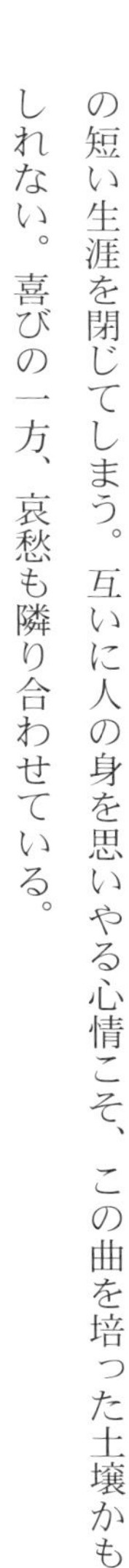

の短い生涯を閉じてしまう。互いに人の身を思いやる心情こそ、この曲を培った土壌かもしれない。喜びの一方、哀愁も隣り合わせている。

1910（明治 43）年 10 月の海野厚と家族。中央に立つ海野は旧制静岡中学１年。末弟はまだ生まれていない（静岡市教育委員会「背くらべ・海野厚詩文集」より）

〔粽〕もち米、米粉、くず粉などをササの葉や竹の皮でくるみ、イグサで巻いて蒸したもの。5月5日、端午の節句に食べる。もともとイネ科のチガヤで巻いたのが名の由来という。

喜びも悲しみも包み込み

一番はじめは

一番はじめは一の宮／二また日光東照宮
三また佐倉の宗五郎／四(し)また信濃の善光寺
五つは出雲の大社(おおやしろ)／六つは村村鎮守(むらむらちんじゅ)さま
七つは成田の不動さま／八つは八幡の八幡宮
九つ高野の弘法さま／十は東京博覧会

これって、歌なの？　と、若い世代には全く知らない人が多い。戦時中に少年少女だった70代以上の方々は、口ずさむか、耳にしたことが多分ある。

江戸後期に原型が芽生え、明治半ばから昭和にかけて、全国各地で親しまれた「お手玉唄」の一つだ。

「手まり唄」としても、人気があった。口伝えに広まっており、誰が作詞したかは分からない。

曲は旧陸軍の行進曲「抜刀隊」のメロディーが使われている。明治10年代、音楽隊の指導に招かれたフランス人教官、シャルル・ルルーが作ったものだ。口伝えの歌らしく歌詞には、さまざまな変化がある。ここでは北原白秋編『日本伝承童謡集成』(三省堂)第3、4巻を参考にした。

さまざまな模様のお手玉

冒頭に登場する「一の宮」は、かつての国ごと最も上位に位置する神社を指す。信濃国ならば諏訪大社だ。二番。徳川家康を祭る「東照宮」は「中禅寺」とも歌われる。三番。農民を救った義民、佐倉宗五郎のところは、「三また桜の吉野山」となることもある。

地域や時代によって歌詞に幅のあるところが興味深い。十番目の東京博覧会は東京二重橋、東京泉岳

「四また信濃の善光寺…」。善男善女でにぎわう参道

寺、東京万万歳などと一様でない。

昭和20年前後、太平洋戦争で都市部は焼け野原となる。食料不足が人々を飢えの苦痛に突き落とす。小学生でも農作業を手伝うのが当たり前だった。雨の日は遊びに興ずる。≪一番はじめは一の宮…≫と歌声が、楽しげに聞こえてきたものだ。

往時の記憶を手繰り寄せつつ、長野市の書店内を歩いていた。すると『お手玉のうた』と題した絵本が目に飛び込んだ。松本市の郷土出版社から出た「語り継ぐ戦争絵本シリーズ9　学童疎開」である。

悲しい物語だ。お手玉遊びの大好きな国民学校5年の少女が信州の温泉場に、空襲の脅威を逃れて東京から疎開してくる。お母さんが着物の切れ端でお手玉を作り、持たせてくれた。中にお米が詰めてある。食べ物の乏しい折、米を隠し持っていると疑われるつらい体験にもさらされた。

そのお母さんは、間もなく大空襲の猛火に包まれる。忘れたくても忘れられない疎開の思い出。だから少女は、お手玉をしていても「信濃の善光寺」のところで手が震え、先へ進めなくなるのだった。

書店からの帰り、善光寺近くの公園で『お手玉のうた』をたどる。そこに展開する悲話は、はるか遠い日のことのようでもある。そして、ごく近い日のことのようでもあった。

〔**長野県への集団学童疎開**〕
終戦前年の１９４４年８月４日、第１陣が長野県に入る。その年11月までに約２万９０００人を野沢温泉、湯田中、上山田、浅間など主に温泉地で受け入れた。

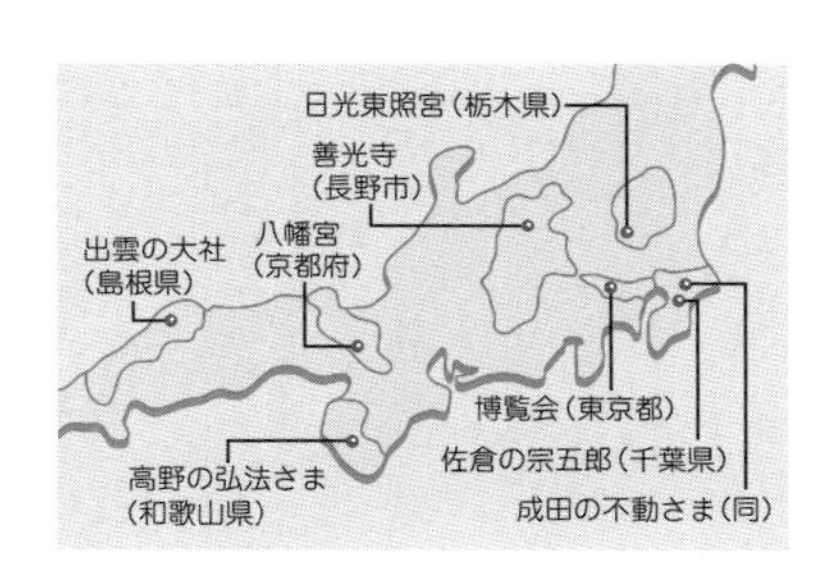

お正月の喜びに華を添えて

おん正々々　―手まりうた―

おん正々々（しょうしょうしょうしょう）　正月は／松かざり　しめかざり
飾りのしたから出た鳥は／羽根は十六　目がひとつ
目がひとつで　舞ってって／吉原たんぼのまんなかで
だーれとだれで　石なげた／男のこども　石なげた
女のこども　かーわいな

（以下略）

手まりをかたどった巨大な球体が、車や人の行き交う街路を見下ろしている。15時ちょうど、上の半分が持ち上がり、中から着物姿でまりをついて遊ぶ少女たちの人形が現れた。10時から19時までの正時ごと、1日10回、時を告げるからくり時計だ。人形の登場に合わせ「てまりうた」の曲が流れる。

松本市のＪＲ松本駅から歩いて５分足らずの伊勢町通り。市街地再開発事業の完成を記念し、１９９９（平成11）年に建てられた。

〈もういくつ　ねると…〉。こう指折り数えて待ちに待ったお正月。男の子は、たこを揚げたりこまを回したりして遊ぶ。女の子は、手まりや羽子板が楽しみだった。それぞれ歌を口ずさみながらである。

からくり時計のある松本市の伊勢町通り

さて、どんな歌だったのかー。耳底の記憶を呼び覚まそうとしても、容易に戻ってこない。それほど久しく、身近なところから手まりうたも羽根つきうたも、遠ざかってしまった。

冒頭の手まりうた「おん正々々」は、１９６５（昭和40）年に刊行された長野県音楽教育学会編「信濃のわらべうた」（音楽之友社）に掲載されている。音楽の教師らが、広く全県で採録した204曲のうちの一つだ。

〈信州の各地には、これに類したお正月のための唄が、いろいろな遊びと結びついて残っている。「おん正々々」はそのなかでも代表的な手まりうたである〉

こう解説されてもいる。実に数多くの遊びうたが、子どもたちの暮らしの中に溶け込んでいたことが分かる。

手まりをして遊ぶ人形

もともと手まりは縁側などに座り、手でまりをつく遊びだった。まりは綿などを詰めて糸を巻きつけたもので、あまり弾まない。だから座ったままついた。

明治の中ごろ、よく弾むゴムまりが出回るにつれ、屋外の路地などで立ってつくようになる。歌の終わりにスカートでまりを隠したりする遊びだった。

1950年代までは、決して珍しい光景ではない。やがて車社会に変わり、路上は遊び場ではなくなる。テレビやゲーム機が子どもたちの遊び相手をし、手まりをはじめ路地遊びは、急速に廃れていった。あらゆる物が豊かな時代の実現ではある。同時に、お正月を待ちわびた心の興奮が薄れ、わびしさを拭えない。
松本平から見上げれば真っ青な冬空に常念岳が、雪を頂いて純白の輝きを放つ。雄大にして厳かに、新春を迎える悠久不変の姿だった。

〔**わらべうた**〕子どもたちが口伝えに覚え、歌い継いできた歌。民謡の一種。まりつき、お手玉、縄跳び、鬼ごっこなど遊びながらのものが多い。ほかに数え歌、しり取り歌など内容は多種多様だ。

1930 年代、信濃町の野尻湖畔に東京 YMCA が開設したキャンプ場に集まった青少年たち。「しずかな湖畔」作詞者の山北多喜彦氏は、最後列ほぼ中央のランニングシャツ姿（11 ページ参照、東京 YMCA 提供）

第2章　青春の歌

甘酸っぱさと悲しみが交錯

惜別の歌

島崎　藤村　作詞
藤江　英輔　作曲

一、遠き別れに　耐えかねて／この高楼（たかどの）に　のぼるかな
　悲しむなかれ　わが友よ／旅の衣を　ととのえよ

二、別れといえば　昔より／この人の世の　常なるを
　流るる水を　ながむれば／夢はずかしき　涙かな

何げなく口ずさんできた歌にも、人知れず物語の秘められていることが多い。
戦後、全国各地に生まれた歌声喫茶で人気を呼び、歌手小林旭さんの歌でレコード化さ

れてヒットした「惜別の歌」もその代表格だ。

話は今から70年ほど前、太平洋戦争末期にさかのぼる。ハワイの真珠湾攻撃はじめ緒戦で勝利を重ねた日本軍だったが、米国が態勢を立て直し、攻めに転ずると形勢が逆転する。

懐古園わきの「惜別の歌」碑

海軍の主力がミッドウェー海戦で大打撃を被った翌１９４３（昭和18）年10月、大学生の徴兵猶予を取り消す法律が公布された。それまで大学生は兵役に就かなくてもよかった。学問を積んだ人材の確保も重要だからである。

開戦から２年、よく訓練された戦闘機の飛行士や軍艦の乗組員を多数失っている。大学生まで動員し、早急に補充せざるを得なくなった。

２カ月後の12月21日には、東京・神宮外苑競技場を埋め、出陣学徒壮行大会が開かれる。冷たい雨の日だった。校旗を先頭に約２万５０００

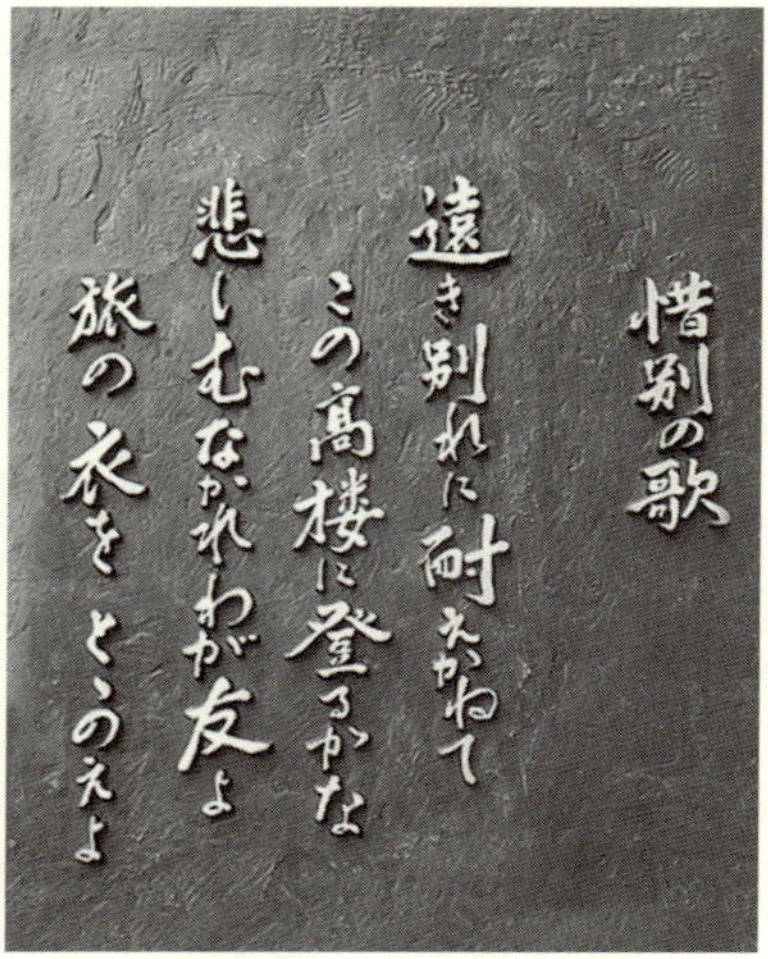

惜別の歌
遠き別れに耐えかねて
この高楼に登るかな
悲しむなかれわが友よ
旅の衣をととのえよ

碑面に刻まれた文字

0人、それをスタンドで見送る学生5万5000人。やがて多くが帰らぬ人となっていく。

こうして緊迫の度を増す44年の暮れだった。中央大学予科の学生たちは、東京・板橋の軍需工場で兵器造りに当たっていた。その中の1人が、同じ工場に学徒動員されていた東京女子高等師範（現在のお茶の水女子大学）の学生から1枚の紙片を手渡される。

そこには島崎藤村の詩集『若菜集』に登場する「高楼」が走り書きされている。それをギターの得意な学生、藤江英輔が受け取り、曲をつけた。そして学友に召集令状が届き、1人また1人と戦地に赴くたび、二度と会うことのないだろう別れの歌として、そっと声を合わせる。

元となった藤村の詩「高楼」は、遠くへ嫁ぎゆく姉との別れを妹が悲しむ内容だ。妹と姉が交互に切ない気持ちを述べ合う。全部で8節に及ぶほど長い。そのうちの4節が選ばれ、「惜別の歌」に生まれ変わった。さらに1カ所「悲しむなかれ　わがあねよ」の「あね」が「友」に入れ替わっている。
しなの鉄道小諸駅の東西自由通路を懐古園側に渡り終えたところに、「惜別の歌」の碑がある。向き合えば、青春の甘酸っぱさと別れの哀惜とが、時代を超えて胸の奥深く、染み通ってくるのだった。

〔**学徒出陣**〕１９４３年、大学生、高専・専門学校生の徴兵猶予を打ち切り、入隊させたのが始まり。出陣の歌「ああ紅の血は燃える」に送られながら、学業半ばにして戦地に赴いた。

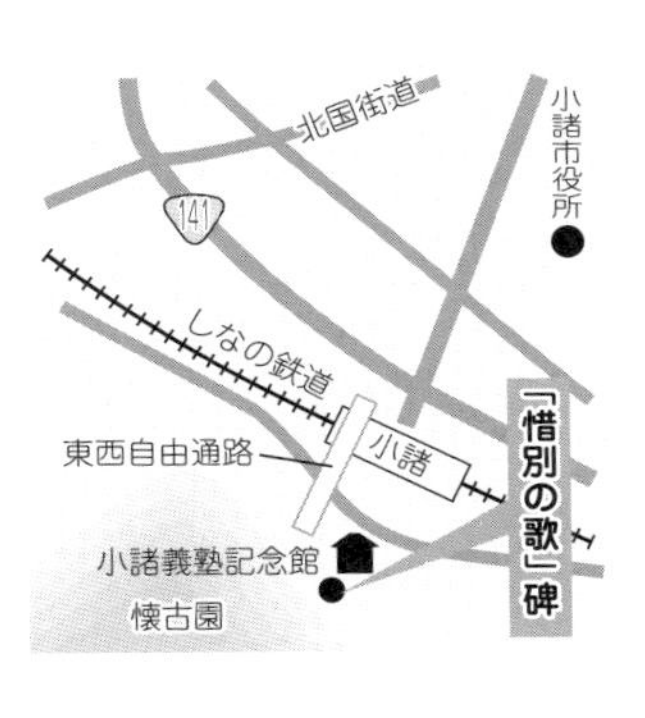

青春の感傷しみじみと

琵琶湖周航の歌

一、我は湖（うみ）の子　放浪（さすらい）の／旅にしあれば　しみじみと
昇る狭霧（さぎり）や　さざなみの／滋賀の都よ　いざさらば

二、松は緑に　砂白き／雄松（おまつ）が里の　乙女子は
赤い椿の　森陰（もりかげ）に／はかない恋に　泣くとかや

水鳥の観察に熱中しながら岡谷市の諏訪湖畔を歩いているときだった。目の前にこつぜんと銅像が現れ、思わず立ち止まった。傍らの碑には「琵琶湖周航の歌」の歌詞が刻まれている。はるか遠い琵琶湖の歌がどうして、ここに？

銅像を挟んでもう一つ、別の「小口太郎顕彰碑」を読み進むうちに納得できた。作詞者

小口が岡谷の出身だったからだ。碑にはこうある。

三高生であった京都時代には　水上部（ボート部）に属し　琵琶湖周航中に　故郷の諏訪湖に思いを馳せながら「琵琶湖周航の歌」を創作し大正７年に発表した
大正のロマンチシズムと自然の美しさの中に　人間の喜びと悲しみとが詩情豊かにうたいこまれている

歌碑と銅像が並ぶ釜口水門脇の公園

小口太郎は１８９７（明治30）年８月30日、当時の諏訪郡湊村花岡に生まれた。諏訪湖の南西部に当たる。だから銅像も、花岡地区に建てられた。湖水が天竜川へ注ぐ釜口水門と隣り合う公園で、湖面と向き合う。

諏訪中学校、今の諏訪清陵高校を卒業し、小学校の代用教員を１年務めた後、京都の第三高等学校に

諏訪湖を見つめるように立つ小口像

入った。それが名曲「琵琶湖周航の歌」作詞につながったのは、顕彰碑にあるとおりだ。

夢と希望を膨らませつつ、同時に理想と現実の相克に悩む青春真っただ中。仲間とボートをこぎ、広い琵琶湖を巡る。きらめく水しぶき、肌をかすめる風に、諏訪湖の面影を重ね合わせるのは、ごく自然だったろう。

歌詞は全部で6番まである。〈波の間に間に漂えば〉と3番に続き、6番の〈語れ我が友　熱き心〉で終わる。

この間にちりばめられた甘美と哀愁の情緒的詩句が、人を引き付けてやまない。〈行方定めぬ　浪枕〉〈仏のみ手に　抱かれて〉〈古城にひとり　佇めば〉…。

明治から大正に移って間もない1910年代半ば、京都の学生の間で英詩の翻訳に曲を付けた歌「ひつじぐさ」がはやっていた。小口が練りに練った歌詞も、このメロディーに乗り「琵琶湖周航の歌」として、多くの青年に愛唱される。

だが、当の作曲者、結核に侵された身で独り音楽活動に打ち込んでいた新潟生まれの吉田千秋は、24歳の若さで死去してしまった。悲劇は続く。東京帝大（現東大）に進み、通信分野などに卓越した才能を発揮した小口は、神経衰弱で入院中、26歳9カ月の命を自ら絶った。

これも青春の断面だろうか。諏訪湖畔の銅像は本3冊を小脇にふくよかな表情で、じっと湖上を見詰めている。

小口太郎
（琵琶湖周航の歌資料館提供）

〔**小口太郎**〕　1915年旧制諏訪中学卒、16年旧制第三高校入学、19年東京帝国大学入学。21年「有線及び無線多重電信電話法」の発明で特許を日本ほか各国に出願。23年同大学航空研究所を退職、翌年死去。

夜汽車の旋律、母の死に涙しつつ

ゴンドラの唄

吉井　勇　作詞
中山　晋平　作曲

一、いのち短し　恋せよ乙女／朱き唇　あせぬ間に
熱き血潮の　冷えぬ間に／明日の月日の　ないものを

ゴットン、ゴットン…車輪がレールと共鳴する。シュッシュッと機関車が蒸気を噴き出し、ときおり汽笛も鋭く夜の空気を震わせる。1915（大正4）年4月のことだ。鉄路の振動に身を委ねた中山晋平を、深い悲しみが包んでいた。母親ぞうの葬儀を済ませ、再び東京に向かう夜行列車の中である。

晋平が6歳のころ、夫の実之助に先立たれた母だった。養蚕のきつい仕事をこなし、女

手一つで5人の子を育てている。わらべ歌や子守歌を歌ってもくれた…。「ハハキトクスグカエレ」の電報で下高井郡日野村新野（しんの）（現在の中野市新野）の生家に駆け付ける。すると既に母の顔には白い布が被せられていた。

列車は夜の暗闇をひた走る。涙がこぼれ落ちそうになる。むせび泣きをこらえられない。

保存されている中山晋平の生家

独り悲しみに耐えている晋平の脳裏に、低くゆっくり、一つの曲が頭をもたげてきた。

「いのち　みじかし　こいせよ　おとめ」
「あすの　つきひの　ないものを」

ロマンチックでつやっぽい吉井勇の歌詞とは異なり、初めから終わりまで寂しげなメロディーだ。もの悲しく地の底まで吸い込まれそうに思えてくる。

このとき晋平は、試練のさなかにあった。住み込みの書生として仕えてきた師の島村抱月から命じられた作曲が、お先真っ暗なままだった。ツルゲーネフ原作『その前夜』の劇中歌として「ゴンドラの

生家の隣に立つ中山晋平記念館

唄」の歌詞を渡されていたのだ。公演が迫っている。でも曲想がわかない。加えて急な母親の不幸である。苦悩と悲痛の底から、ようやく旋律が立ち上がったのだ。さっそく楽譜にし、翌朝上野駅に着くや人力車に乗って抱月に手渡した。

前年の14年にはやはり女優・松井須磨子の歌う「カチューシャの唄」を作曲し、大当たりさせている。二つの劇中歌の成功で晋平は、やがて童謡、民謡へ大作曲家の道をたどる確かな一歩を刻んだのだった。

今、晋平の生家は保存され、隣に立派な記念館が建っている。中野市街地から南に約3キロ。北に北信濃のシンボル高社山（1351・5メートル）がそびえ、西北には北信五岳が連なる。眼前の延徳たんぼは、晋平が信越線豊野駅との間を行き来した道沿いだ。

「ゴンドラの唄」にはもう一つ、忘れ難い物語がある。1952（昭和27）年、黒沢明監督の映画『生きる』の一こまによって生み出された。渋い演技者・志村喬の扮する市役所の課長が胃がんを告げられ、自分の生きた証しに余命を振り絞って造った小さな公園。そのブランコに座り、しみじみつぶやくように歌う場面だ。

新たな命が吹きこまれた「ゴンドラの唄」を晋平は、粗末な映画館で聞いた。それから28日後、この世を旅立っていく。65歳になっていた。

中山晋平
（中山晋平記念館提供）

〔**島村抱月**〕1871―1918年。明治・大正時代の演出家、新劇指導者、文芸評論家。島根生まれ。信州松代出身の女優・松井須磨子を擁して劇団・芸術座を率いた。

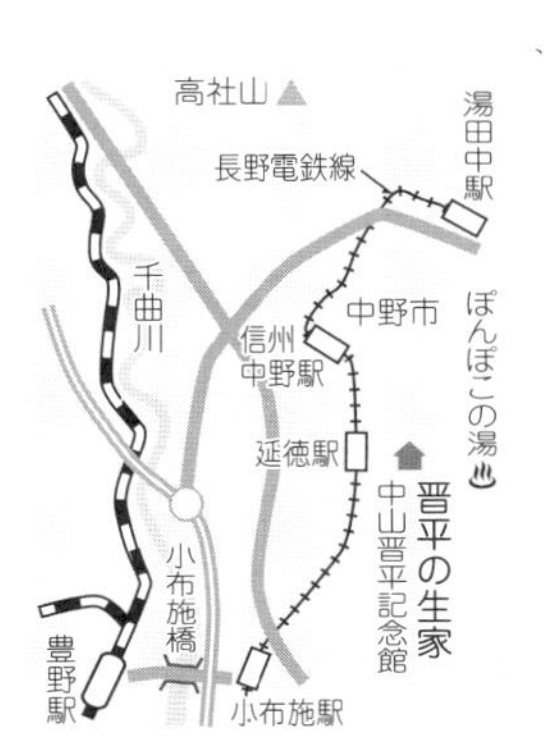

青春の熱情を山野に発散

雪山讃歌

歌詞　西堀　栄三郎　他
曲　アメリカ民謡

雪よ岩よ　われらが宿り／俺たちゃ町には　住めないからに

シールはずして　パイプのけむり／輝く尾根に　春風そよぐ

朝日に輝く　新雪ふんで／今日も行こうよ　あの山越えて

山よさよなら　ごきげんよろしゅう／また来る時にも　笑っておくれ

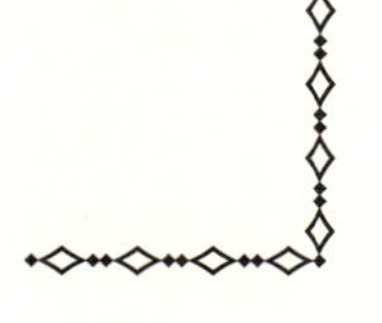

スキー客を乗せたバスが、志賀高原の琵琶池ヒュッテ停留所に止まった。かわいらしい車掌さんが、切符を回収しながら、何か口ずさんでいる。〈雪よ岩よわれらが宿り……〉僕は思わず車掌さんに聞いたのです。「その歌、なんていう歌？　いつも歌っているの？」。彼女は怪訝な顔をして、「いつも歌っているよ。雪山讃歌っていうの。いい歌でしょっ！」。

雪山を楽しむ若者たち

男性4人のコーラスグループ「ダークダックス」が、ヒット曲の一つ「雪山讃歌」と出合った運命的な場面だ。メンバーの一人である「ゲタさん」こと喜早哲（きそうてつ）さんが、エッセー集『日本の美しい歌　ダークダックスの半世紀』（新潮社）で、この逸話を紹介している。

まだ慶応大学経済学部の学生だった1950（昭和25）年ごろである。スキーを楽しむために長野電鉄の電車、そして湯田中駅からバスに乗ったのだった。間もなく4人はプロの音楽活動に入る。58年、

「雪山讃歌」をレコーディングした。すると大ヒット、折からの「歌声喫茶」の熱気も追い風となり、大勢の人たちの愛唱歌となっていった。

老若男女の心をくすぐるほどの歌には、必ずといっていいほど、そこに至るまでの〝誕生秘話〟がある。

鹿沢温泉の紅葉館

長野市松代町から南東へ地蔵峠を越え、さらに群馬県境の鳥居峠を経て湯の丸高原を間近にした時だった。鹿沢温泉の道路脇で「雪山讃歌発祥の湯」の看板が目を引く。ポツンとたたずむ一軒宿「紅葉館」の前だ。すぐ先の山際には歌碑も立っている。

27（昭和2）年1月、この地で京都帝国大学山岳部が、東京帝大の仲間も加え、スキー合宿をした。当初は京大ヒュッテのある新潟県妙高山麓の笹ケ峰を予定したが、雪不足で鹿沢に移動する。合宿を終え、有志4人が新鹿沢に下った。ところが猛吹雪で、宿に閉じ込められてしまう。薄暗い部屋で退屈しのぎに山岳部の歌をつくることにした。

英会話の授業で習ったアメリカ民謡「いとしのクレメンタイン」の曲に合わせ、思いつくままの歌詞で歌う。「雪よ岩よ…」の一番は、後の第1次南極観測越冬隊長・西堀栄三郎の発案だ。

テントの中でも　月見はできる／雨が降ったら　ぬれればいいさ

荒れて狂うは　吹雪か雪崩／俺たちゃそんなもの　恐れはせぬぞ

白銀の世界が誘うロマンと感傷だろう。今も山男や山ガールが歌い継ぎ、互いの短い青春を彩る。どこかで今日も歌声が響いている。

京都帝大時代の西堀栄三郎
（西堀榮三郎記念探検の殿堂提供）

〔いとしのクレメンタイン〕　19世紀半ば、金発掘の夢に沸く米国カリフォルニアを舞台に娘の死を悲しむ歌。映画『荒野の決闘』の主題歌で有名になった。

ひたすら春の到来を信じて

旅の夜風

西條　八十　作詞
万城目　正　作曲

一、花も嵐も　踏み越えて／行くが男の　生きる途（みち）
泣いてくれるな　ほろほろ鳥よ／月の比叡（ひえい）を　独（ひと）り行く

四、愛の山河　雲幾重（いくえ）／心ごころは　隔てても
待てば来る来る　愛染（あいぜん）かつら／やがて芽をふく　春が来る

しなの鉄道の上田駅で、上田電鉄別所線に乗り換えた。30分ほど塩田平の穏やかな景色を楽しむうちに、終点の別所温泉駅に着く。緩やかな上り坂を約800メートル、歩いて

そびえ立つ「愛染かつら」の木

10分足らずで北向観音だ。南向きに立つ長野市の善光寺と向き合うように、本堂が北を向いているので「北向き」の名が付いたとされる。厄よけ観音として昔も今も人気が高い。

いったん車道から階段を下りて川を渡り、再び石段を上がったところが境内だ。右手にカツラの巨木が、見上げてもこずえを視野に入れにくいほど、高々とそびえ立っている。北向観音を広く親しませてきた、もう一つの名物「愛染かつら」の木である。

てっぺんまでの高さ22メートル、目通り周囲５・５メートル。幹には深いしわが無数に刻まれ、見るからに堂々とした風格だ。強烈にひらめくものを感じたのだろう。東京生まれの小説家・劇作家の川口松太郎（１８９９～１９８５）は別所に滞在中、このカツラと、同じ境内にある愛染堂を目にした折、代表作の恋愛小説『愛染かつら』を着想したとされる。

２人は、古いかつらの樹の根元に並んだ。

「このかつらの樹につかまって恋人同士が誓約をすると、将来は必ず結ばれるというわ

北向観音境内の愛染堂

けです。たとえ妨げがあって、一時は思い通りにならなくても、一生の内にはいつか幸福に結びつけられる時があるというんです」

大病院の跡を継ぐ身の青年医師・津村浩三。その病院で働く美人看護師・高石かつ枝。2人がカツラの幹に手を添えて愛を誓う場面だ。けれども、かつ枝は夫と死別しており、6歳の女の子を姉夫婦に託していた。それを隠して独身が条件の看護師になっている。だから、自分の秘めた過去と現在を打ち明けられない。愛し合いながらも2人は、別離、すれ違いの苦難にさらされ続けるのだった。

二、優しかの君　ただ独り／発(た)たせまつりし　旅の空
　　可愛い子供は　女のいのち／何故(なぜ)に寂しい　子守歌

三、加茂の河原に　秋長(た)けて／肌に夜風が　沁(し)みわたる
　　男柳が　なに泣くものか／風に揺れるは　影ばかり

１９３８（昭和13）年に公開の松竹映画『愛染かつら』では、浩三を上原謙、かつ枝を田中絹代が演じる。その主題歌が「旅の夜風」だ。霧島昇とミス・コロムビアのデュエットが、映画ともども大ヒットした。

明日を信じて耐え忍ぶ物語が、多くの人々の共感を呼び、励ましとなったのだろう。大雪の直後に訪ねてみると、愛染かつらの木は枝に雪を乗せ、やがて来る春をじっと待つかのようだった。

〔**カツラ**〕湿った山地に多い落葉高木。早春、ハート形の葉が出る前に紅色の小さな花を付ける。善光寺本堂の柱に多く使われ、表参道の中央通りでは街路樹になっている。

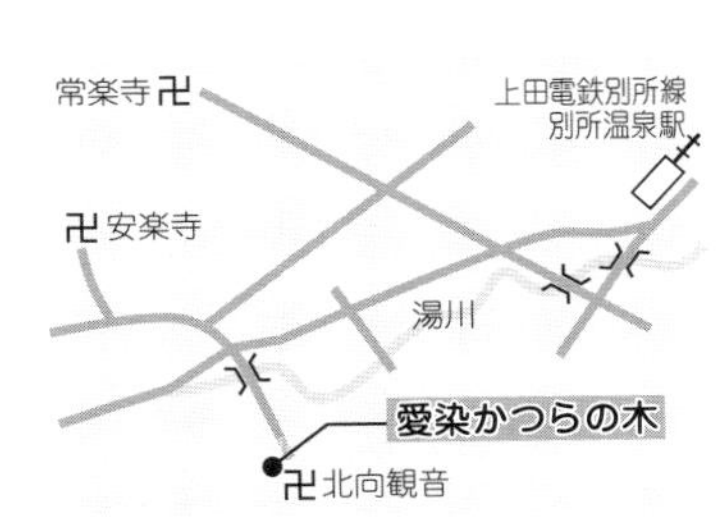

青春の喜び悲しみを包み

春寂寥（はるせきりょう）

吉田　実　作詞
濱　徳太郎　作曲

一、春寂寥の洛陽に／昔を偲（しの）ぶ唐人（からびと）の
傷める心今日は我／小さき胸に懐（いだ）きつゝ
木（こ）の花蔭（はなかげ）にさすらへば／あはれ悲し逝く春の
一片毎（ひとひらごと）に落（ち）る涙

毎年のことながら春は、足早に過ぎ去っていく。枝々の先まで淡いピンクに染めた桜並木は今、すっかり緑の若葉で空を覆っている。無常迅速であればこそ、花咲く華やぎのさなか、花散る寂しさが同居する。生命の躍動感が満ち満ちている傍ら、いずれは衰える予

感が忍び寄る。

〝人生の春〟もそうだ。夢と希望に燃える年ごろではある。一方で生きるとは、学ぶとは、愛するとは…。答えの見つけにくい多くの問いに苦しめられもする。わいわいがやがや同じ年ごろ同士で盛り上がると同時に、自分は自分、ただ一人という孤独感を断ち切れないのが青春だ。

「春寂寥」のタイトルどおりである。春たけなわに感じる寂しさをうたった旧制松本高等学校思誠寮の寮歌だ。

ＪＲ松本駅前から真っすぐ東に延びる広い街路を1キロ余り。ゆっくり20分ほど歩くと、あがたの森公園に突き当たる。かつてここに松本高等学校、いわゆる松高があった。

ヒマラヤスギの古木が日陰をつくり往時をしのばせる一角、あがたの森文化会館講堂で２０１３年5月18日、松高寮歌祭が開かれていた。

旧制松高があった「あがたの森公園」

寮歌祭で歌う松高卒業生ら

県内外から卒業生ら約１８０人が集い、次から次へと青春時代に親しんだ寮歌を歌っていく。もちろん「春寂寥」もメーンの一つだ。春夏秋冬の四季に託して4番まで、島崎藤村顔負けの美文調の歌詞が、哀調たっぷりの曲でこだまする。

例えば3番はこうだ。

秋揺落の風立ちて／今宵は結ぶ露の夢
さめては清し窓の月／光をこふる虫の声
一息毎に巡り行く／あはれ寒し村時雨
落葉の心人知るや

寮歌は全国各地の旧制高等学校3年間を寄宿舎で過ごした学生たちが、自ら作詞、作曲し、歌い継いでいった。１９０２（明治35）年の一高寮歌「嗚呼玉杯に花うけて」、04年の三高寮歌「紅萌ゆる丘の花」などは広く世間に知られ、歌われている。20（大正9）年にできた「春寂寥」も、これらと肩を並べて名高い。

卒業生の高齢化で今回が最後となった松高の寮歌祭には、松高を前身とする信州大学のグリークラブ学生が参加し、声を合わせた。この年、４月の信大入学式では、初めて「春寂寥」が演奏された。再び伝統が引き継がれる確かさを感じ取れてうれしかった。

夕刻、車窓から眺める安曇野は、田植えを終えた水田に山並みが映える。まさに「春寂寥」の２番〈あはれ淋し水の面に　黄昏そむる雲の色〉だった。

〔**旧制高等学校**〕現在の６・３・３・４制以前にあった修業年限３年の高等教育機関。東京の一高、仙台の二高、京都の三高など全国に48校。旧制中学４年修了以上を入学資格とし、事実上、帝国大学進学の準備段階としての役割を担っていた。

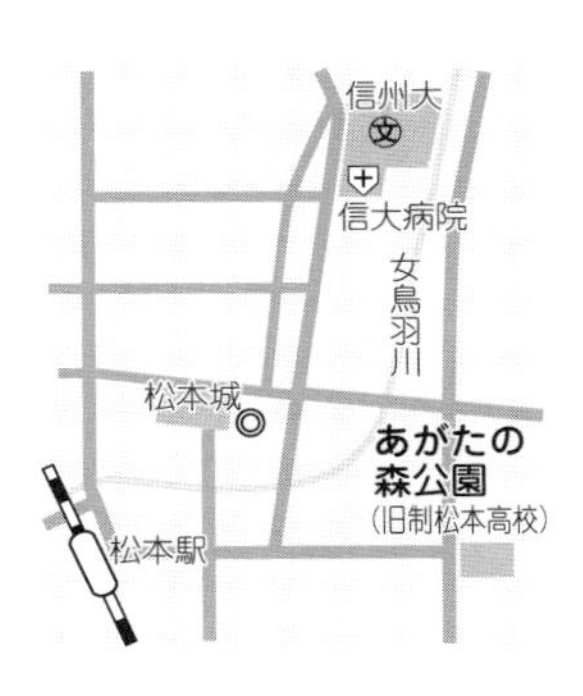

中野市新野の中山晋平生家。1930（昭和 5）年に建て替えられた。母の死、芸術座公演の劇中歌での大成功を経て、晋平は童謡、歌謡曲、新民謡でヒット作を次々世に送る。帰郷した人気作曲家がこの生家で特に気に入っていたのが座敷からの眺め。庭の南側にある中山晋平記念館の場所はかつて田畑が広がり、遠方まで見通せた。縁側の造りが独特で、眺めに凝る晋平が柱にまで注文を付けた名残という。10 月の中山晋平記念館まつりに合わせて特別開放された（64～67 ページ参照）

第3章　短歌

赤彦との哀歓、松林での出会いと別れ

春浅し　苔に坐りて　苔むしり
　別れ悲しみ　去りがてし森

中原　静子

古めかしく言えば、これは「道ならぬ恋」を歌う相聞歌（そうもんか）ということになる。しかも小学校長と、その下で教壇に立ったばかりの新任女教師との仲だ。当然、断ち切らなくてはならない定めに胸ふさがれる時が訪れる。

春は名のみのころ、逢瀬（おうせ）を重ねた森のコケも乾いている。そこに座ってコケをむしっては捨て、募る別れの悲しさに、なかなか立ち去ることができない。

１９０９（明治42）年３月８日、久保田俊彦、後の大歌人・島木赤彦は、東筑摩郡広丘村（現在の塩尻市広丘）の広丘尋常高等小学校に、校長としてやってきた。諏訪郡下諏訪町に妻子を残しての単身赴任である。下宿先は学校近くの旧家「牛屋（うしや）」だ。

赤彦の部屋には村の青年や教師らが出入りするようになる。歌を学び万葉集の講義を受け、人生論を交わすのだった。その中の一人が、小県郡武石村（現上田市）生まれの中原静子である。松本女子師範を卒業し、広丘小学校の教師になった。

静子が牛屋の別棟に下宿したことも加わり、二人の関係は深まっていく。このとき赤彦は34歳の男盛り、静子は20歳の娘盛りだ。歌の勉強をしながらも、互いに恋心が膨らむのを抑えられなかった。

静子は歌っている。

丈あまる草木をわける先生の腕（かいな）の下をくぐりては行きし
秘め心思ひ見るさへはかなくてうつらうつらと秋草の中に

桔梗ケ原の松林

木曽谷を北上して松本平の南端、塩尻に差し掛かった奈良井川の右岸、東側一帯は桔梗ケ原と呼ばれる。今ではブドウの栽培が盛んで、電機や精密機械工場も多い。

1世紀も昔の明治のころはほとんど原野か田畑であり、小高い丘には松林が続いていた。春から秋は草木が繁り、キキョウやオミナエシなどの花が競い合う。かき分けて進む森の奥は、格好の場所だった。

赤彦は詠んでいる。

この森の奥どにこもる丹の花のとはにさくらん
森のおくどに
いとつよき日ざしに照らふ丹の頬を草の深みに
あひ見つるかな

赤彦の下宿先だった「牛屋」

森の奥に咲く赤い花に静子への熱い思いを込める。あるいは強い日差しに照らされて紅潮した顔を見詰め合う。校長として教師としてどうか、となれば、厳しい責め苦を負わされるだろう。妻子の立場からは、許せるはずもない。けれども二人が、のっぴきならないところで懸命に向き合っていたことも、歌の節々から感じ取れる。ただおぼれているのではない。もだえ苦しんでいる。

２年後、赤彦は広丘を去った。再び諏訪に戻って郡視学となり、各学校の指導、監督に当たる重責をゆだねられた。それでも１９１４（大正３）年、その要職をなげうって上京する。歌誌『アララギ』の編集に専念するためだ。近代短歌をリードしたアララギ派指導者への道である。

一方、静子は１９２３（大正12）年、34歳で長野市の会社員・川井明治郎に嫁ぎ、１男１女に恵まれた。こんな一首を残している。

今は何も、思はなくにひたすらに健康にとて目ざめつるかな

広丘小時代。中列左から静子、隣が太田喜志子（後の若山牧水夫人）、赤彦（下諏訪町立諏訪湖博物館・赤彦記念館提供）

〈**相聞歌**〉万葉集で歌を分類する３大部立ての一つ。多くは恋愛の歌が占め、親や兄弟、友などへの親愛も含まれる。

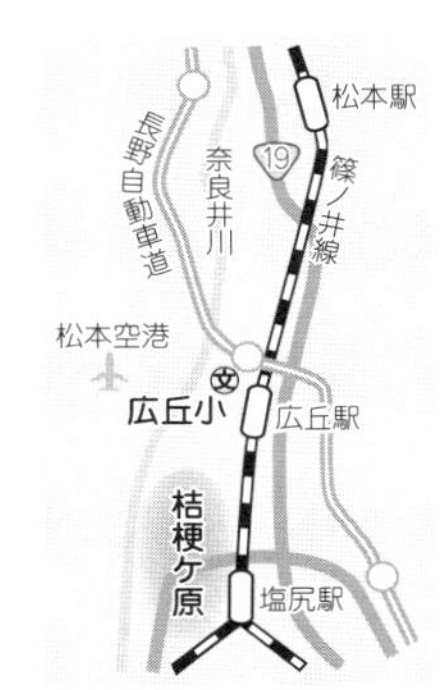

母への愛、身に染みればこそ

生きてわれ聴かむ響かみ棺を深くをさめて土落す時

われや母のまな子なりしと思ふにぞ倦(う)みし生命(いのち)も甦(よみがえ)り来る

窪田　空穂

悲しい歌だ。母親の亡きがらを納めた棺が、深く掘られた穴に納められ、その上に土がかぶせられていく。

棺の板と土の触れる非情な音。生きているうちに、こういう響きを耳にすることがあろうとは…。納得できるはずもない。しかし、現実を受け入れるしかない。

あれこれ嘆き悲しんだ末だろう。ようやく自分なりにたどり着いた心境が、2首目からは読み取れる。私が最も母に愛された子供だったのだと思うにつけ、疲れた命も元気を取り戻して来る、というのである。

1877（明治10）年6月8日、空穂は東筑摩郡和田村町区、今の松本市和田の農家に生まれた。このとき父は42歳で母は40歳。当時とすれば高齢になっての出産だ。長兄も21歳になっており、母親ちかにとって空穂、本名通治（つうじ）は孫のようだった。何かにつけて「つう、つう」とかわいがる。通治もすっかり甘えて育つ。

松本市街地の南西に開けた田園地帯、ここが和田だ。北西寄りを北アルプスから梓川が流れ下り、東を木曽谷に発した奈良井川が北上する。

遮るもののない広々した平地を貫く幹線道路、山形街道から少し奥まった集落の一角に、生家があった。

本棟造りの空穂の生家

松本平に独特の本棟造りであり、ゆったり傾斜した屋根の頂には「すずめおどり」と呼ばれる飾りが映える。土間、座敷、ぬれ縁などの一つ一つから、歳月の重みが伝わってきた。

南側の庭に空穂が「この家と共に古りつつ高野槙

母をみとった離れ

…」と歌ったコウヤマキの巨木がそびえ立つ。そのすぐ近くに和室2間の離れがあり、父母が晩年を過ごした。空穂が母の最期をみとったところでもある。

97年の夏、父親から「母危篤」の知らせを受け、空穂は故郷に駆け付ける。21歳、文学を志して家族に無断で上京したままだった。そのうえ自分の才能に自信を失い、大阪の米穀仲買業の店に住み込みで働いている時だった。

母の寝所で蚊帳越しに向き合う。病の床でも母親は、いまだ身の定まらない末っ子が心配でならない。「もう会えねかと思った」とつぶやいた。空穂にとって母との今生の別れがどれほど悲しく、切ないものであったか察せられる。

それから3年後、新たな志を抱いて再び上京した。やがて結社誌『国民文学』を拠点に歌人として大成する。さらに国文学者として古典研究に大きな業績を残す、その一歩を刻んだのだった。

亡き母を慕う空穂の歌としては、むしろこの１首の方がよく知られている。

鉦（かね）鳴らし信濃の国を行き行かばありしながらの母見るらむか

巡礼者となって鉦を鳴らしながら、信濃の国をどこまでも歩いて行けば、生前のままの母を目にすることができるだろうか。「実情のにおいがしない」と、空穂自身の評価は低かったが、これまた哀切極まって胸を打つ。

窪田空穂
（窪田空穂記念館提供）

〔**国民文学**〕今日まで続く短歌雑誌。１９１４（大正３）年６月、空穂がそれまでの結社十月会を母体に創刊。文芸総合雑誌から短歌誌へと移る。

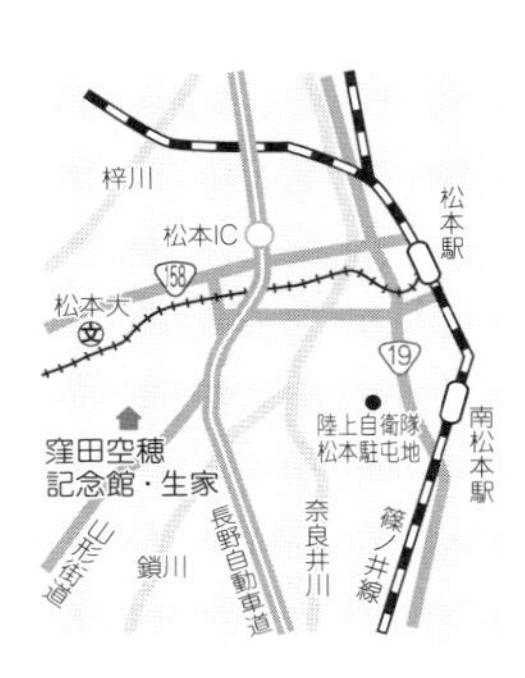

人の悲しみの根源に触れて

一本のポプラが丘に立ちてゐて
　悲しみは垂直に空より来たる

宮原　茂一

かれこれ40年、通り掛かるたびに必ず見上げてきた高木がある。長野市城山公園の動物園北側に位置する信濃招魂社境内のポプラだ。

太い幹には、深くえぐられたかのように、あるいは高く盛り上がるかのように、幾筋もの凹凸が刻まれている。途中から10本ほどに太く枝分かれし、それぞれに細い枝を無数に空へ向けて伸ばしている。

一目見て老木であることが分かる。しかし春には、ほうきそっくりに枝を広げた巨大な樹形が、淡く黄緑色に芽吹いて命を躍動させる。仰ぎ見て生命力の強さに感嘆する。

圧巻はやはり、秋の黄葉だろうか。イチョウと競い合うかのように、全身を黄色に染め上げる。

落ち葉の時季になれば、地面が黄金色のじゅうたんを敷き詰めたと言ってもよいほど、華やかな装いに変わる。そして静かに土へと返っていく。

こうして見慣れた存在になっていたからだと思う。〈一本のポプラが丘に…〉の一首と出合った時、自然にこのポプラの姿が現れてきた。

実際にここが歌の舞台というのではない。そんな思いにさせられるというにすぎない。しかし、それ以来である。ポプラを同じように見上げ、言い知れぬ悲しみが迫り来るのを抑えられない。

正面の階段を上った左手の向こう、まさに丘の上に立っている。

〈悲しみは垂直に空より来たる〉

このとおりではないだろうか。どんな悲しみなのかは、ここでは分からない。でも人間の悲しみは、いきなり空から垂直に降り注いで来る。いや応なく、拒む余地もない。それ

招魂社境内のポプラ

歌ケ丘に立つ歌碑

をずばり端的に言い当てている。

作者の宮原茂一は１９０６（明治39）年1月23日、上水内郡古牧村上高田（現長野市）に生まれた。10代半ばで「信毎歌壇」の選者、太田水穂に見いだされる。

太田の率いる歌誌『潮音』の有力な歌人として一翼を担うと同時に、自らは『白夜（はくや）』を創刊し、編集に携わった。61（昭和36）年10月、その選歌中に倒れ、55歳で没している。

城山公園や善光寺など、直下に長野市街地を見下ろす大峰山歌ケ丘の歌碑には、代表作のもう一つが刻まれた。

秋風に吹かるる石は草のなか　石にこころのなしと誰か言ふ

冷たい石にさえ温かな心を通わせた個性の強い歌境が、鮮明に出ている。己の存在にこだわり、「個の追求」を掲げ続けたのだった。

まれにみる大雪のあと、展望道路沿いに歌ケ丘へと足を延ばす。丸みを帯びた碑は、深い雪の中にひょう然と立ち、早春の明るい白日を浴びている。そのまま坂を下り、ポプラの方へと向かった。歩きながら、ふと考える。「悲しみ」とはあらゆる命への「慈しみ」ではないのか―と。

宮原茂一
（「白日宮原茂一歌集」より）

〔**ポプラ**〕ヤナギ科ヤマナラシ属の樹木の総称。一般的には欧州原産のセイヨウハコヤナギを指す。高さ30メートルにもなる勇壮な姿が好まれ、公園や広い通りの街路樹に植えられる。

病身を自然と人情にゆだね

千曲川板橋長しふりさけて
　越後境の山見ゆるかな

国境の山低くしてつらなれり
　北に落ちゆく千曲の河みづ

土田　耕平

何げない表現の底深く、しみじみと迫り来る悲愁が宿っている。

1首目。千曲川に板を並べて架けた橋が対岸へ長く延びる。その上に立ち、はるか遠くへ目をやれば、越後と境をなす山々が眺められることだよ。

2首目。信越国境の山並みが、低く連なっている。その北の方向に向かって落ち行く千曲川の流れ（それは、はたしてどこへ行き着くのだろうか）。

いずれも、千曲川が織り成すゆったりとした奥信濃の光景を、山一つ隔てた異郷である越後に思いをはせつつ、情感も豊かに浮かび上がらせる。さりげなく、だからなお、沈潜した寂しさが胸をつく。

残雪のブナ林を歩いているとき、これら土田耕平の歌がしきりに去来した。その中に登場する越後境の山、国境の山の代表格、鍋倉山（１２８８メートル）でのことだ。飯山市街地の東側を、千曲川が北へ流れ下っていく。周りの開けた堤防からは、斑尾山（１３８２メートル）に始まる関田山脈が壁のように、西から北へ連なっているのが見通せる。

信越県境・鍋倉山の中腹

耕平が「山低くして」と詠んだとおり、標高は決して高くない。１０００メートル前後にとどまる。けれども冬の間、日本海から吹き寄せる湿気を含んだ風がぶつかり、大量の雪を降らせる。日本でも有数の豪雪地帯を生み出す山々だ。５月の中旬というのに、関田山脈の中心に位置する鍋倉山の尾根筋から下る途中は、まだまだ分

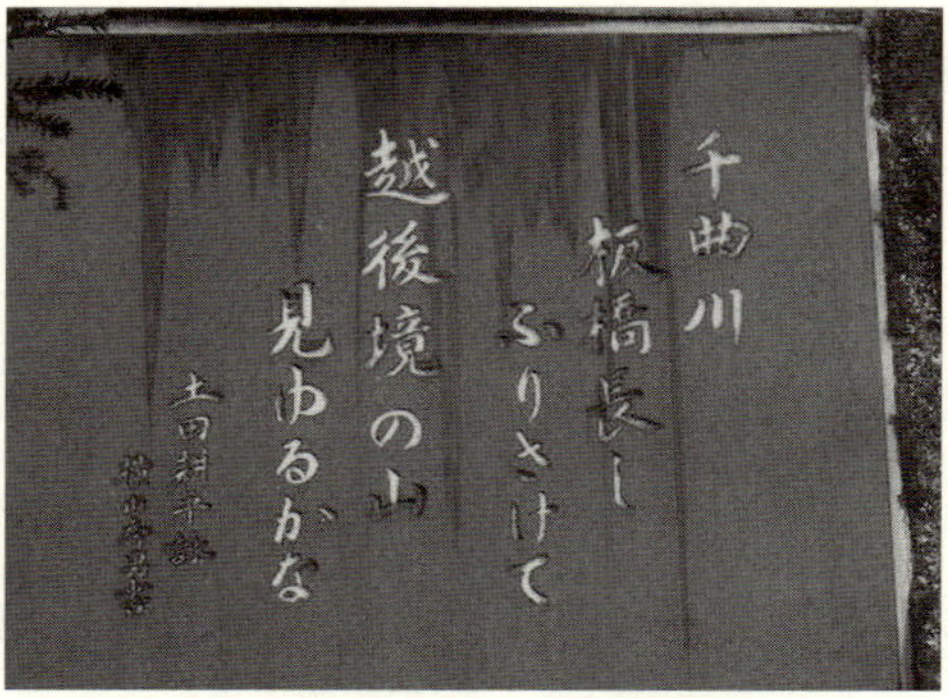

飯山城址公園の土田耕平歌碑

厚い残雪だった。急な斜面でも1メートル、谷底状の所では2メートルに近かっただろう。

木々の根元だけがすり鉢の形に雪解けが進んでいる。放射熱によってえぐられたようになり、「根明け」とか「根開き」と呼ばれる。太いブナの幹の周りは、すっぽり人間が入れるほど深い。

アララギ派の若き歌人・耕平は、病弱の上に極度の不眠症に苦しんでいた。点々と各地で転地療法を重ね、１９２３（大正12）年の7月からは3カ月間、飯山の妙専寺に滞在した。ほとんど本堂の一室に引きこもった暮らしながらも、住職夫人をはじめ一家の手厚いもてなしを受ける。後の第2歌集「斑雪」には「飯山にて」と題し、冒頭の2首を含む厳選した7首を載せている。

１８９５（明治28）年6月1日、諏訪郡上諏訪町大和に生まれた耕平は、10代後半で郷土の先輩歌人、島木赤彦に師事した。その師弟関係は親密で、飯山へも赤彦の計らいで訪れている。

千曲川の歌が詠まれた当時、板橋があった中央橋近くに来ると、新幹線開通に伴って新しい橋の工事が進んでいた。一帯は大きく変わりつつある。あのブナの森の静けさだけはいつまでも…と願わずにはおれなかった。

1921年８月、諏訪・地蔵寺の歌会で赤彦（前列左から２人目）の右隣が耕平。右端は斎藤茂吉（下諏訪町立諏訪湖博物館・赤彦記念館提供）

〔**関田山脈**〕新潟県と境を接する長野県で最も北の山脈。全長約80キロ。16もの峠が両県を結び、塩の道などとして古来、交流が盛んだ。近年はトレッキングコースの人気が高い。

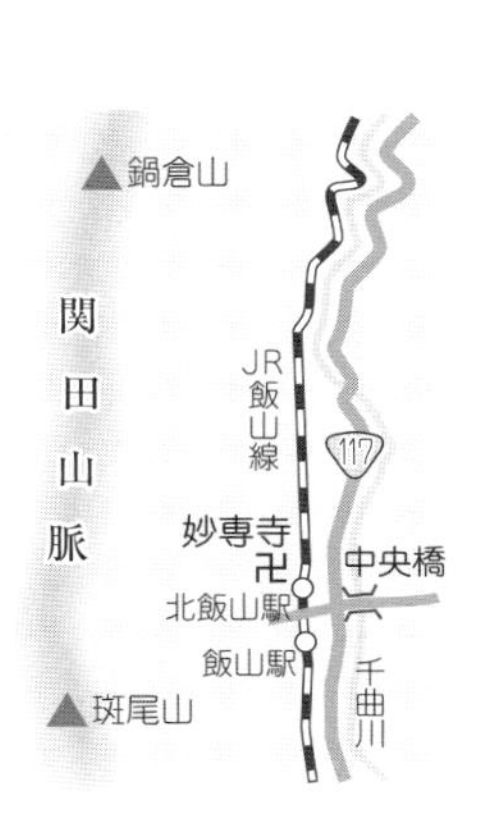

恋する苦しさを痛々しく

修禅する人の如くに世にそむき静かに恋の門にのぞまむ

道はなし世に道は無し心して荒野の土に汝(なんじ)が足を置け

雲に入るみさごの如き一筋の恋とし知れば心は足りぬ

有島　武郎

緑まぶしいカラマツのこずえを透かし、木漏れ日が差し込む。北佐久郡軽井沢町三笠山、旧三笠ホテルに程近い。木々に囲まれた小高い台地に「有島武郎終焉(しゅうえん)地」と、大きく刻まれた碑が立つ。

かつて有島家の別荘「浄月庵」があったところだ。ここで、いったい何が…。碑と向き合いながら、しばし沈黙の時を過ごした。

深夜に鉛筆を走らせた有島の一文が、頭の中を駆け巡る。

〈山荘の夜は一時を過ぎた。雨がひどく降っている。私達は長い路を歩いたので濡れそぼちながら最後のいとなみをしている。森厳だとか悲壮だとかいえばいえる光景だが、実際私たちは戯れつつある二人の小児に等しい。愛の前に死がかくまで無力なものだとはこの瞬間まで思わなかった〉

有島武郎終焉地の碑

心許せる学生時代からの友、出版社経営の足助素一に宛てた遺書の後半部分だ。

直後、1923（大正12）年6月9日未明、1階応接間のテーブルに椅子を重ね、和服用のひもで首をくくった。享年45。死を共にした「婦人公論」の記者、波多野秋子は30歳。

ほぼ1カ月後の7月6日、別荘管理人が2人の腐乱死体を見つける。そして東京都内の有島の自宅には、短歌10首が残されていた。

例えば、禅の修行さながら泰然と恋に臨む覚悟が

詠まれている。あるいは絶望的な前途に踏み出そうとする自分への励ましであり、大型のタカの一種ミサゴがいちずに上空を目指すような恋への憧れである。

有島武郎は大正時代を代表する作家の一人だ。代表作『或る女』では、封建的な壁の厚い世の中で近代的自我に目覚めた女性の闘いと挫折を丹念に描いた。自らの姿を重ね合わせてのことだろう。

現実直視に傾いた明治の自然主義文学に抗し、理想主義の旗を果敢に打ち立てた白樺派の中でも、思想的・哲学的作風を際立たせた。

それは新たな時代を予感させる社会主義的気運との相克でもあった。共感する一方で豊かな資産家に生まれた自らの存在に、後ろめたさを覚えざるを得ない。創作的にも行き詰まった時、作家と編集者の関係で出会ったのが美しい人妻、秋子だ。

碑に刻まれた文字

急速に深まる仲を秋子の夫は、姦通罪や高額の慰謝料で脅す。既に妻を亡くしていた有島の純愛は、俗世間の攻防に耐えられない。風呂敷き包み一つ抱えてたどり着いたのが、避暑にはまだ早い雨の季節の軽井沢だった。

有島武郎
（北海道ニセコ町・有島記念館提供）

〔白樺派〕 大正期の文学・思想潮流の中核を担ったグループ。明治43年創刊の雑誌「白樺」を拠点に、人道主義の立場を前面に押し出す。武者小路実篤、志賀直哉、里見弴（とん）ら多くが学習院の出身者だった。

はじける娘たちの笑顔かも

たかとほは　山裾のまち　古きまち
ゆきあふ子等の　うつくしき町

田山　花袋

「たかとお」。今は伊那市高遠である。２００６（平成18）年に合併するまでは、上伊那郡高遠町だった。天竜川が南北に貫く伊那谷の北東部に位置する城下町だ。というよりも、春にはピンクのタカトオコヒガンザクラが華やかに彩る桜の名所といった方が、分かりは早い。

どうしてか、かねがね心引かれてきた。大にぎわいのお花見どきはもちろん、緑の木陰が爽やかな夏、紅葉がしっとり落ち着かせる秋、いてつく空気の引き締まった冬。四季を通じて足を運んだ。いずれも天竜川を渡って西側から東、つまり山側へ向かうコースである。今回は初めて、茅野方面から杖突峠（１２４７メートル）の急坂を上り、かつての杖突街道を北から南へ下ってみた。

江戸時代には、諏訪盆地の甲州街道と伊那谷の三州街道を結ぶ交通の要路だった。傍らを諏訪市との境、守屋山を源流とする藤沢川が流れていく。この川と南アルプス仙丈ケ岳などに発した三峰川が出合う所に、高遠はある。

整った高遠の街並み

桜の古木が風情をつくる城址（じょうし）公園に立ち寄った後、眼下に大きく切れ込んだ藤沢川を渡った。対岸に高台が広がっており、商店街の家並みが続く。きれいに整った歩道を歩いた。

なまこ壁の前に備えられた導水管から水がほとばしっている。以前にも喉を潤した。脇に立つのが〈たかとほは…〉で始まる田山花袋の歌碑だ。これも以前と変わらない。

花袋は明治、大正期に活躍し、島崎藤村と並んで自然主義の旗手とされた作家である。富士見高原に

田山花袋の歌碑

滞在中の１９１６（大正５）年７月、地元の青年と一緒に入笠山を越え、高遠へ入った。杖突峠よりなお山深いコースだ。

その歌にあるとおり、確かに山の麓の町だ。城下町として栄え、宿場としても繁盛した古き町でもある。

加えて〈ゆきあふ子等のうつくしき町〉。ここに花袋の感動の核心が宿っている。

元気に挨拶を交わす子どもたちの笑顔が、目に浮かんでくる。それだけではないだろう。「子等」という際には、「娘たち」という意味が、しばしば込められる。

続く形容詞「うつくしき」と重ね合わせるならば、二十歳前後の娘さんたちの明るく、伸びやかな姿も歌の向こうに見える。この一首のおかげで高遠は、ぐっと魅力的な町になった。

初秋の昼下がり、通りに人影は少ない。子どもにも娘さんにも出会わない。それでも名物、高遠饅頭（まんじゅう）の店をのぞいたときだ。やや年かさの女性たちが、にこやかに迎えてくれた。やはり、「うつくしき町」である。

田山花袋（田山花袋記念文学館提供）

〔**自然主義文学**〕社会や人生を理想化せず、ありのまま描こうとした。19世紀後半にフランスで始まる。日本では明治30年代、藤村の『破戒』が流れをつくり、花袋らが続いた。

善光寺平の風景　叙情豊かに

秋草のいづれはあれど露霜に
　痩せし野菊の花をあはれむ

伊藤　左千夫

秋の草花には、いずれ劣らず、すてきなものがある。けれども、冷たい露霜に当たってしおれかけた野菊を、しみじみ好ましく感じるよ…。明治の歌人・伊藤左千夫は、とりわけ野菊を愛した。自分の家を「野菊の宿」と名付けるほどだった。「秋草の」で始まる1首は、野菊を詠んだ代表作である。歌だけではない。

「私ほんとうに野菊が好き」
「僕はもとから野菊がだい好き」
「私なんでも野菊の生れ返りよ」

「道理で民さんは野菊のような人だ」

純真、素朴でひたむきな恋を描いた純愛悲恋小説『野菊の墓』は会話も初々しく、前半のヤマ場を盛り上げる。15歳の少年政夫と2つ年上の少女民子―。同居するいとこ同士の2人が、互いに異性として意識し始めた。さらには「好きな人」として、心の中で愛を温め合うようになる。

ロケ地になった山王島の千曲川岸辺

しかし、古いしきたりにこだわる大人たちには許せない。政夫は進学して寮住まいとなる。民子は政夫への思いを秘めたまま、無理やり他家へ嫁がされた。やがて身ごもった民子は、6カ月で流産してしまう。それが災いして病に伏し、命果てた。手には赤い絹の布に包んだ政夫の写真と手紙が、固くしっかり握りしめられていた。

1906（明治39）年に発表されたこの小説は今

なお、感涙なしに読み通せない。半世紀後の1955(昭和30)年、松竹大船の木下恵介監督が映画化した。『野菊の如き君なりき』である。

伊藤左千夫は現在の千葉県山武(さんむ)市の農家に生まれた。小説も千葉県内の農村が舞台になっている。そこを木下監督はそっくり信州に変えた。

善光寺平周辺の美しい風景を織り込み、物語を展開させている。回想シーンを楕円の卵形に縁取った独特の映像は、幻想的な詩情にあふれている。だから、どの場面にどこが撮影されているのか、見当がつきかねる。

愛の芽生える場面になった牟礼の畑周辺

作家で評伝の名手・長部日出雄さんの『天才監督　木下恵介』(新潮社)を読み進むうちに、すっかり引き込まれた。信州ロケの様子が丹念に解き明かされている。

それによると、長野市大門の旅館「藤屋」を本拠に俳優、スタッフがバスで移動した撮影地は20数カ所に及ぶ。例えば、中学（旧制）へ進学する政夫が、民子に見送られて旅立つ涙の場面。雨の渡し場を小舟が霧の中に消え去るところは、上高井郡小布施町山王島の千曲川で撮影された。

ナスを採りながら2人の間に愛が芽生える裏畑は、当時の上水内郡牟礼村（現飯綱町）で。綿摘みに行って恋心が深まる「山の畑」は、長野市大豆島でのロケだった。

大きなかやぶき屋根の農家は、今も千曲市打沢にある白い塀と門構えの旧家。美しい夕焼け景色は、落合橋下流の千曲川土手である。善光寺平の自然が主役の一端を担ったのだ。

伊藤左千夫（山武市歴史民俗資料館提供）

〔野菊〕山野に生える野生の菊の総称。花は小さく、淡い紫のノコンギクやヨメナ、白色のリュウノウギクなど種類は多い。華やかな栽培種と違う素朴な趣が好まれる。

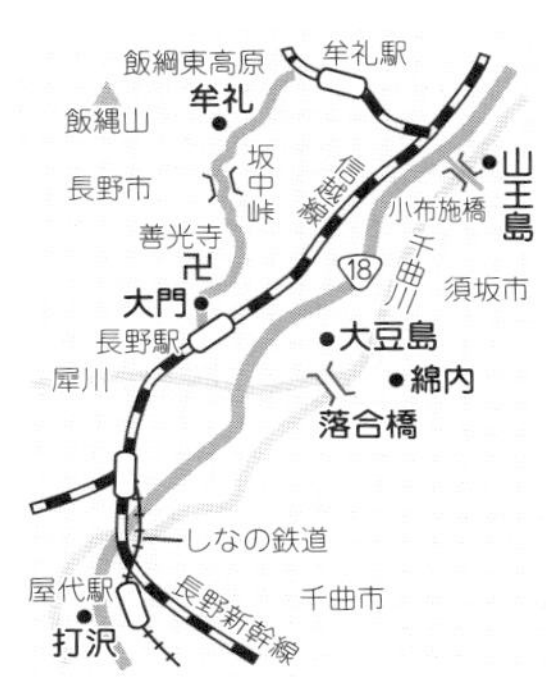

恋の挫折が名歌を生む

かたはらに秋ぐさの花かたるらく
　ほろびしものはなつかしきかな

白玉(しらたま)の歯にしみとほる秋の夜の
　酒はしづかに飲むべかりけれ

若山　牧水

さびしい歌だ。つい物悲しい気分に、誘い込まれてしまう。滅びてしまったものは懐かしいと、秋の草花が語りかける。あるいは秋の夜長、酒は独り静かに飲むに限る、と。前書きがあり、「九月初めより十一月半ばまで信濃国浅間山の麓に遊べり、歌三十首」と述べている。

１９１０（明治43）年9月上旬、牧水は早稲田大学時代の友人で俳人の飯田蛇笏(だこつ)を山梨県内に訪ねた。発行を始めたばかりの雑誌「創作」も人に任せ、小諸へ向かう。恋愛関係の行き詰まりの果て、心身ともにボロボロの時だ。歌の仲間で医師の岩崎樫郎が声を掛け、彼の勤める田村病院で療養させてくれたのだった。

旧北国街道小諸宿の中心、国鉄信越線の線路を挟んで目の前は懐古園である。荒れるがままの城跡に、牧水はしばしば足を運んだ。崩れかかった石垣、はびこる雑草の〝兵（つわもの）どもが夢のあと〟に、自分の破れた恋を重ね合わせたのだろう。

懐古園にある城跡の石垣

世代を超えて今も、牧水の歌は親しまれている。恋、旅、そして酒―。人生の哀歓を縦横に詠い、人それぞれの胸に切々と染み入る。けれども、ここに至るまでの熱く燃えた恋情を知るにつけ、一転して失意に沈む道程が残酷に思えてならない。

逃れるように東京からやって来るその４年前。数え22歳の牧水は九州の宮崎へ帰省する途中、神戸の

旧脇本陣などが並ぶ旧北国街道

友人の下宿先に立ち寄った。そこで一人の女性を知る。園田小枝子だ。

翌年の春には東京へ、牧水に会いに来た。二人の仲は急速に深まる。暮れから正月にかけて10日余り、千葉県の根本海岸で共に過ごした。

山を見よ山に日は照る海を見よ海に日は照るいざ唇を君

松透きて海見ゆる窓のまひる日にやすらに睡る人の髪吸ふ

その海辺でこんな情熱的な歌が数々あふれ出た。高揚した恋の波動が打ち寄せている。

ところが、小枝子には夫がいた。二人の子の母親でもあった。牧水はそれを知らない。大学を卒業し、いよいよ小枝子を迎えるために、借家まで用意した。のめりこむ牧水、応じられない小枝子。不安と疑念を紛らわそうと牧水は酒に浸る。

わが小枝子思ひいづればふくみたる酒のにほひの寂しくあるかな

こうしてたどり着いたのが小諸だった。「かたわらに秋ぐさの…」の一首も「白玉の歯にしみとほる…」のもう一首も、傷心のどん底から紡ぎ出されている。苦しく寂しい牧水の胸中をしのびつつ、懐古園内を歩いた。今は整備が行き届き、観光客も多く「滅びし」の印象は薄い。それでも一歩それると、ミズヒキや野菊など秋の草花が、牧水の悲恋を語りかけてきた。

若山牧水
（若山牧水記念文学館提供）

〔**「創作」**〕１９１０（明治43）年、若山牧水が創刊し主宰した詩歌雑誌。初期には石川啄木、北原白秋らが加わり、牧水の死後は妻の喜志子が引き継いだ。

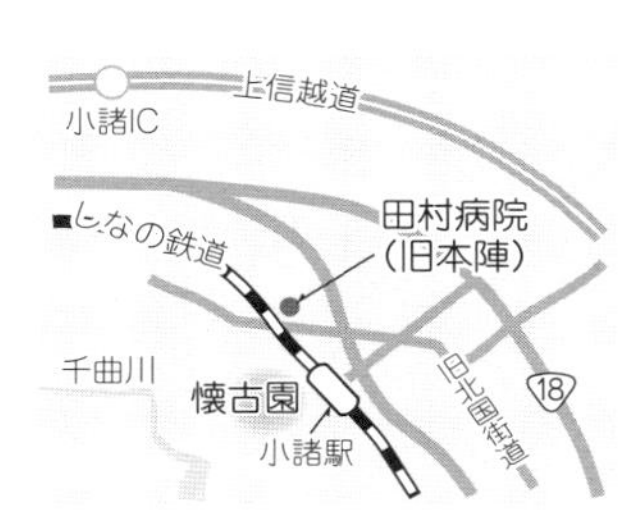

子を思えばこそ「生きたい」

隣室に書よむ子らの声きけば
　心に沁みて生きたかりけり

島木　赤彦

痛々しい。繰り返し何回読んでも、胸を締め付けられる。哀切感に満ち満ちている。病身を横たえていると、隣の部屋から本を読む子どもたちの声が聞こえてくる。あの子らのためにも、もう少しだけ生きていたい―。生への執着がキリキリと、あたかも、きりの先が突き刺さるかのように、鋭く、強く、こみ上げてきたのだ。

諏訪湖を見下ろす急な坂道をたどる。春まだ浅く、最低気温が氷点下10度近くまで冷え込んだ日だった。昼といえども、標高の高い諏訪の寒気はきつい。

アララギ派を大きく育て上げ、近代短歌に確固とした足跡を刻んだ島木赤彦である。居宅だった柿蔭山房（しいんさんぼう）は、諏訪郡下諏訪町北高木に、今も往時のまま、町の文化財として保存、管理されている。高台を通る旧甲州道中、その家並みから小路を50メートルほど上った所だ。

入ってすぐ、樹齢二百数十年といわれる松の古木が、ほとんど水平に、横に長く太い枝を伸ばしている。下をくぐって進む先が母屋だ。江戸時代の後期、１８１５～20年前後の建築とされる。分厚いかやぶき屋根が、重厚な雰囲気を醸し出している。一代の歌人が生活のよりどころとした場にふさわしい。

ここの母屋で、１９２６（大正15）年の３月27日、赤彦は、胃がんの激痛に苦しみ抜いた末、息を引き取った。

49歳３カ月、まさに人生の盛りだった。その１カ月ほど前に詠んだ１首が、「隣室に書よむ子ら…」の歌である。

赤彦の住居「柿蔭山房」

暮らしを支えた古井戸

当時、隣室には数え18歳の三女みを、16歳の四男夏樹がいた。母屋の南東、日当たりの良い角の部屋を、赤彦の新しい書斎に改装中だった。壁を隔てて姉と弟、2人の音読の声が聞こえてくる。

前々から腰や胃の痛みに苦しむ赤彦だった。その年の1月下旬、なじみの医師が胃がんを疑う。

歌の道の盟友で医師でもある斎藤茂吉がこれを知り、すぐさま東京に呼び寄せた。2月1日から13日まで滞在し、東大附属病院などで専門医の検診を受ける。残念ながら間違いではなかった。状況は深刻だった。

没後に発行された歌集『柿蔭集』には、病と向き合った時期の一連の作品が「恙(つつが)ありて」と題されて並ぶ。

神経の痛みに負けて泣かねども　幾夜寝ねねば心弱るなり
魂はいづれの空に行くならん　我に用なきことを思ひ居り

これまで鍛錬道を説き、修行僧のようにいちずな生き方を追い求めてきた。それがにわかに弱気になっている。というよりは、死期が迫ってようやく、素直に心情を吐露できるようになったのかもしれない。死を覚悟すればこそ、人は生きたいと痛切に願うのだ。

1923年、講演で中国・大連滞在中の赤彦（下諏訪町立諏訪湖博物館・赤彦記念館提供）

〔アララギ派〕正岡子規の短歌革新運動に共鳴した伊藤左千夫が1909年、短歌雑誌「アララギ」を創刊。島木赤彦、斎藤茂吉、土屋文明らが継承し、万葉調の写生論で歌壇の主流を形成した。

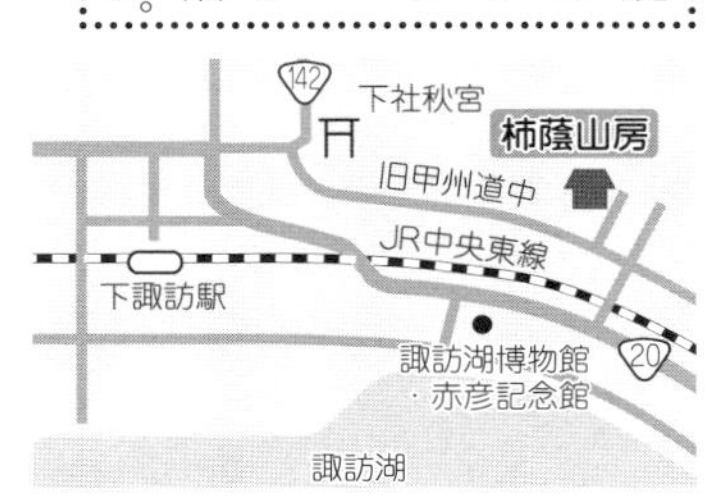

裂かれる愛を弔いの心に昇華し

板間より別れて後の悲しきは　誰に語りて月影を見ん
虎御前

厭ふとも人は忘れじ我とても　死しての後も忘るべきかは
曽我十郎祐成(すけなり)

（曽我物語）

愛し合う二人の仲が今まさに、引き裂かれる寸前の場面だ。短い夜が明けようとしている。二人にとって朝の訪れは、そのまま今生の別れだ。泣き、もだえながら一夜を過ごした。そして歌を交わす。

〈虎御前〉 あなたと別れた後の悲しさを誰に語れば、板葺(ぶ)き屋根から漏れる月の光を誰と見れば、いいのでしょうか。

〈曽我十郎祐成〉 私が君を嫌っていても…（いや、こんなに恋しがっているのだから）、君は私を忘れまい。私もまた死んだ後も、君を忘れるはずがない。

今から８２０年余り前、１１９２（建久３）年、源頼朝が征夷大将軍となり、鎌倉に幕府を開いた。翌93年5月、頼朝は富士の裾野で大規模な狩りをやってみせる。狩り場を囲む多数の勢子に追い立てられた鹿やイノシシを、馬にまたがった武士たちが弓矢で仕留めていく。いわば武勇を試す軍事訓練でもあった。

武井神社の近くにある虎が塚

そこに乗じて十郎祐成、五郎時致（ときむね）の曽我兄弟が、長らく狙ってきた父親の敵、頼朝側近の御家人・工藤祐経（すけつね）を討つ。兄はその場で切り殺され、弟は捕まって頼朝の尋問を受けたうえ、鈍刀で首を切り落とされた。

貴族の世から武士の世へ、変転していくさなかである。武士同士も領地や跡継ぎを巡り、抗争を繰り

「虎化粧の井戸」と刻印された標柱

返していた。荒々しく、たくましい関東武士の姿を生き生きと語り伝える曽我物語は、同時に十郎と遊女虎御前の悲恋が、哀れにも美しく色を添える。

命懸けの敵討ちを決意したからには、世間並みの結婚は望めない。あきらめていた十郎が20歳を迎えた時、出会ったのが絶世の美人、大磯の虎御前、17歳だ。十郎は山の峠道をせっせと大磯へ通い出した。やがて二人は互いに掛け替えのない存在として愛し合う。たちまち2年が過ぎ、敵討ちの絶好の機会が訪れた。5歳と3歳で父親を殺された兄弟だ。以来、親の敵を討つことに執念を燃やしてきた。ようやくその本懐を遂げられる喜びは、半面、恋人と永遠に別れる悲劇だ。

運命の旧暦5月28日である。虎御前は19歳の若さで出家し、十郎と五郎兄弟の霊を弔う旅に出る。立ち寄った先の一つが長野の善光寺だ。ここで2年ほどこもり、供養三昧の日々を送ったと、曽我物語は最終場面で虎御前の愛の深さをたたえる。

門前の中央通りから東へ150メートルほど、武井神社の玉垣沿いに小路をたどると、二つ重ね合わせた石がある。「虎が塚」の名で親しまれてきた。遺髪などが埋められていると伝えられる。

同じように「虎が雨」といえば、あの5月28日に降る雨を指す。泣き暮らす虎御前の涙雨というわけだ。新暦では6月の下旬、ちょうど梅雨のころに当たる。

しっとり雨にぬれて和らいだ石の肌を見ていれば、確かに深い悲哀がこめられているような気がする。女人にも門を開いてきた善光寺周辺の逸話にふさわしい。

〔**日本三大敵討ち**〕曽我兄弟のほか、江戸時代の剣術家・荒木又右衛門が義弟を助けた伊賀越えの敵討ち、赤穂浪士が主君の敵を討つ「忠臣蔵」のことをいう。

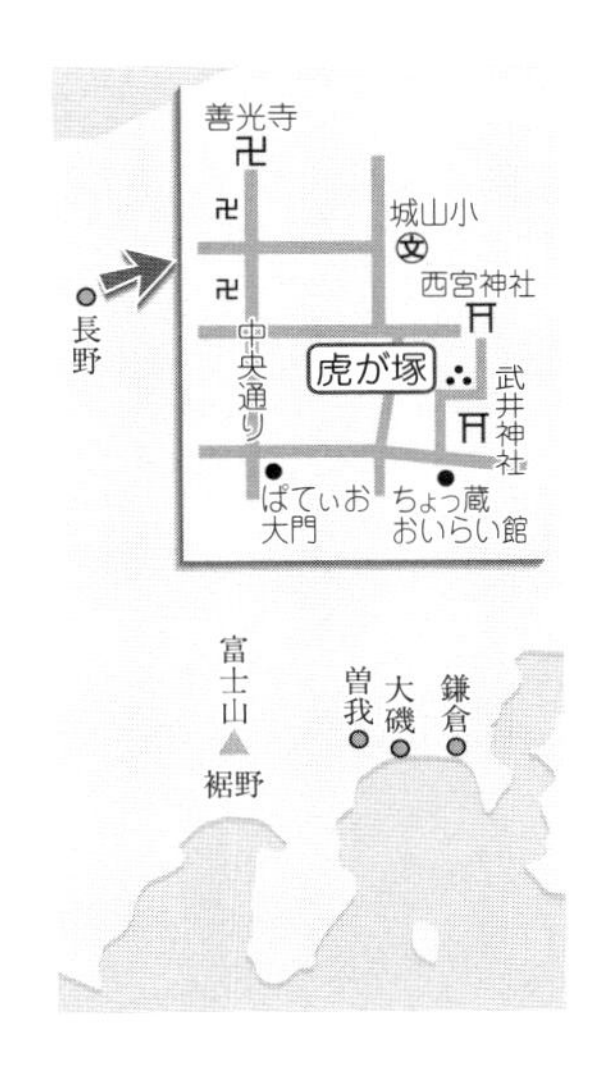

伊那の谷で見果てぬ夢を

片しきの　とふのすがごも　さえ侘(わ)びて
霜こそむすべ　夢は結ばず

宗良(むねなが)親王

どんな意味の込められた歌なのか、これだけではすぐには理解がしにくい。けれども、一首が詠まれたいきさつを知るにつけ、しみじみと切なく身に迫るものを感じる。一人の人間の胸中深く宿る哀愁であり、やるせない心情である。

「片しき」とは、衣の片袖だけを敷くこと。つまり、独りで寝る寂しさを象徴する。「とふのすがごも」は漢字で「十編の菅薦」と書く。編み目の粗いムシロのことだ。また次の「さえ侘びて」には、寒さも一段と厳しく、切ない状況が表れ出ている。

つまりは、こういうふうに解釈できる。

独りで目の粗いムシロに寝ていると、寒々として侘びしい。霜が降りることはあっても、穏やかに眠れる夜は訪れてくれませんよ。

この歌には「信濃国にすみ侍(はべ)りしに…」で始まる前書きが付いている。信濃の国に住んでいる折、都とは違って寒さも耐え難いでしょうに、どうなさっていますか―との問い合わせがあった。そこで、歌を詠んでこたえた、という趣旨である。

作者の宗良親王は後醍醐(ごだいご)天皇の第8皇子とされ、「むねよししんのう」とも呼ばれる。鎌倉時代から室町時代へ、激しく動いた14世紀のことである。朝廷そのものが京都の北朝と奈良吉野を拠点とする南朝に割れ、相争う南北朝時代の動乱さなかだった。

木々に覆われた大河原城跡

　武家に牛耳られた政治を再び公家中心に奪い返したい―。父・後醍醐天皇の執念に動かされ、その子息の一人として宗良親王は、各地の南朝

雲間から姿を見せた鳥倉山

勢を率い、あちこち転戦することになる。しかし、形勢不利を覆せないまま信濃国、今の下伊那郡大鹿村大河原にこもった。１３４４（興国５）年、34歳の時である。以降30年余りにわたり、ここを根城に活動していく。

天竜川の支流、小渋川沿いにさかのぼり、大河原を訪れた日は雨だった。途中、大鹿村の中心部を抜け、さらに上流へと進む。両側から山が迫り、ぐっと奥まった所が大河原だ。

眼前にこんもりとした木立が見える。この地方一帯を支配下に置く豪族、香坂高宗が構えた大河原城の跡だ。その後押しがあればこそ、伊那谷の奥深く、南朝方のよりどころにできたのだろう。

それまで周囲を隠していた霧が動くと、木立の背後に屏風さながらにそびえる円錐形の山が姿を見せた。標高2023メートルの鳥倉山だ。後方をしっかり山がかためている。近くを流れる小渋川の断崖は深い。穏やかな谷あいの集落だけれども、当時の守りは相当に堅かったのだと想像させる。

それにしても都は遠い。武人であると同時に歌人の宗良親王は、「片しきの…」をはじめ多くの歌に、そこはかとなく悲劇性をにじませた。立ち去り際に振り返れば、霧の中に城跡の森がひときわ緑濃く浮かび上がっていた。

〔**南北朝時代**〕京都で足利幕府が支える北朝と、京都を逃れた後醍醐天皇が吉野で正統性を主張した南朝。約60年間にわたり朝廷が二つに割れて対立した時代のこと。

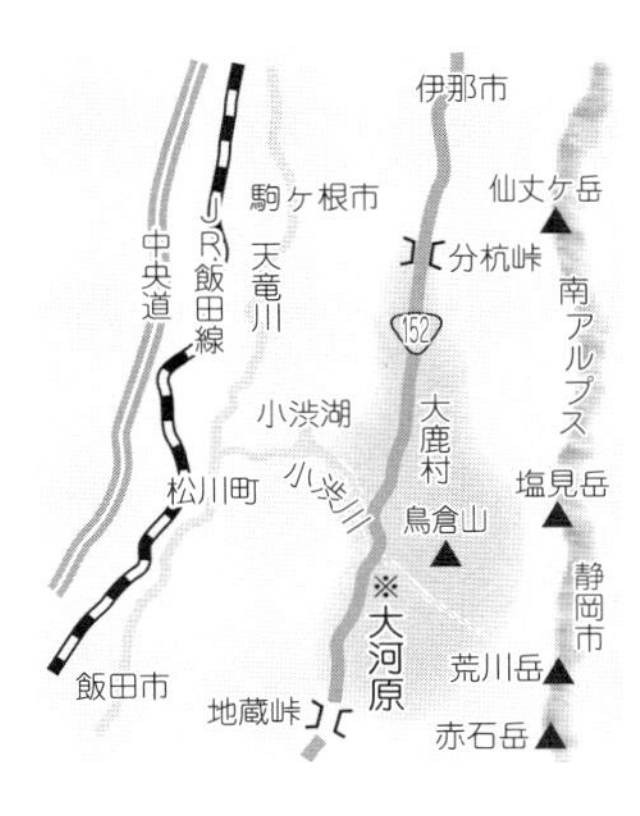

東歌に詠まれた千曲の川は？

信濃なる　千曲の川の　さざれ石も
君し踏みてば　玉と拾はむ

（万葉集巻14　東歌）

純真素朴、何とかわいい女心であることか。ここまで慕われるとなれば、男冥利に尽きる。

信濃の千曲河原に転がっている小石であっても、大好きなあなたの足が、じかに踏んだのだと思えばこそ、大事な大事な宝物、宝石として私は拾いますよ。そう歌うのである。

男女の情愛、庶民の恋愛感情がこまやかに、あるいは赤裸々に、多くは民謡風に詠み込まれた東歌の一首だ。そんな東歌だけを２３０首集めた『万葉集』巻14に登場する。

ところで、ここでいう「千曲」とは、どこの川を指しているのだろうか。もともとの万葉集の表記をたどると、千曲は「知具麻（ちぐま）」と３文字で書かれている。

わが国最古の歌集である万葉集は、長い歳月をかけて編集され、最終的に奈良時代の末に整った。そのころはまだ日本に平仮名も片仮名も誕生していない。だから、大陸から伝わった漢字を活用し、似た発音の言葉に当てはめるほかなかった。いわゆる万葉仮名である。

さざれ石が多い屋島橋周辺の千曲川

例えば「知・具・麻」がそうだ。それゆえに、漢字と仮名で日本語を書き表す現在では、本来の表記「知具麻」を「千曲」と書き改めて通用させている。となればおのずと、千曲の川は佐久平から善光寺平を抜け、新潟県境で信濃川と名の変わる千曲川を思い浮かべるのも無理はない。

ややこしいのは、松本平にも「つかま」「ちくま」と呼ばれる地名があることだ。松本市筑摩（つかま）や東筑摩（ちくま）郡などというときの「筑摩」である。現に松本市里山辺の薄川沿いには、この東歌を刻んだ立派な歌碑が建てられている。同じく千曲川堤防に設けられた千曲市の万葉公園にも、この歌の碑が一角を占めている。

こっちの川こそ万葉集で歌われた「知具麻」だと、主張し合っているかのごとく見える。それぞれにそれぞれの根拠があってのことだ。

薄川の堤防を歩いてみた。松本市街の東、美ケ原と鉢伏山からの流れは、川底まで澄んでいる。その先、はるか西には、常念岳はじめ北アルプスを遠望できる。いちずな恋心を奏でる舞台にふさわしい。

千曲市万葉公園の歌碑

山梨、埼玉、長野3県の境、甲武信ケ岳の山腹が源流の千曲川は、上田盆地の狭い出口、岩鼻を抜けるや、にわかに広々して流れも緩やかになってくる。とりわけ千曲市の万葉橋から粟佐橋付近までの川筋には、「千曲の川のさざれ石」をまざまざとさせる光景が、あちこち目につく。

そこだけにとどまらない。長野市内で犀川と合流した千曲川は、一段と川幅を広げる。須坂市との境、屋島橋の周辺もまたさざれ石の水辺だ。思わず引き寄せられて踏み入った。丸みを帯びた大小無数の石が連なり、川風が枯れ草を揺さぶる。千数百年前の若い男女がささやく声かと錯覚しそうになった。

〔東歌〕東国、つまり都から見て東。ほぼ遠江から陸奥に至る歌である。万葉集の中でも地方色の濃い味わいを持つ。

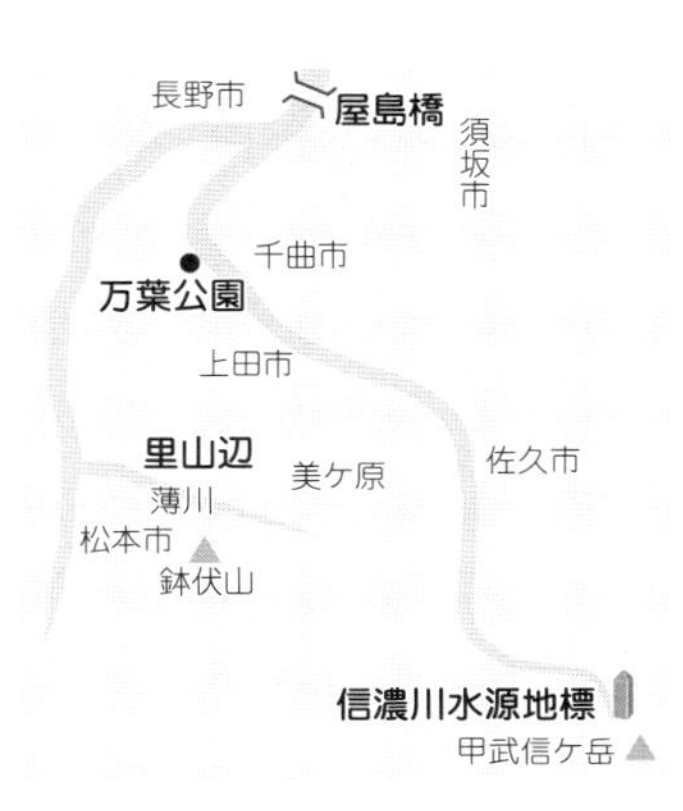

月光が奏でる恋のときめき

彼の子ろと　寝ずやなりなむ　はだ薄
宇良野の山に　月片寄るも

（万葉集巻14・東歌）

まだどこか、青臭さを宿した青年ではないだろうか。ひたすら待つ身がいじらしい。2時間、3時間。4時間、5時間…。ススキの穂が揺れる原っぱに独り、じっと立ち尽くす姿が目に浮かぶ。恋しい女性が現れるのを、今か今かと目を凝らし、耳を澄ましているのだ。

静かに月の光が降り注いでいる。青年は面を上げ、空を仰いだ。ああ、今夜もかわいいあの彼女と寝ることができないまま、終わってしまうのか。ススキがなびくかなた、浦野の山に月が傾き、夜が明けようとしているよ。

東歌の一首には、こんな意味が込められている。

「彼の子ろ」の「ろ」は親愛を示す接尾語であり、いとしくてならない間柄を表す。当時、そんなカップルが月明かりの下、木陰や草陰で一夜を共にすることは、珍しいことではなかった。

上田市浦野から眺める子檀嶺岳

「はだ薄」の解釈は明確には定まっていない。穂が出始めるころのススキのことで、その穂先「うら」と同音の「宇良野」にかかる枕詞とする説が多い。

とはいえ、全く意味のない修飾語ではあるまい。ぼうぼうとススキが生い茂った光景を連想させる効果がある。月に照らされたススキの原が、思いかなわない若者の傷心を、なおのこと際立てている。

「宇良野の山」もどこを指すのか、断定するには至っていない。

松本平と塩田平を隔てる保福寺峠から下ったところに、古代の街道、東山道の宿場である浦野駅（うらののうまや）があった。今の小県郡青木村と上田市の境辺りだ。「宇良野」はこことする説が強い。

東歌を刻んだ歌碑

そうであるならば—と思い立ち、しなの鉄道上田駅からバスに乗った。2キロほど手前で降りて浦野川の北、山裾の道を西へたどる。

戦国の世、信濃へ進出した武田勢が拠点とした岡城址（じょうし）など街道筋を巡りながら、浦野宿に着いた。この東歌を刻んだ歌碑もある。

なるほどな…と納得する思いだった。夫神岳（おがみだけ）や十観山、子檀嶺岳（こまゆみだけ）といった標高1200メートル余りの山々が西に連なり、眺めもいい。

ここら辺りならば西側の山に近づいた月を見上げるのに、格好の所だ。ススキの原こそ見当たらないけれども、稲穂やコスモスの花が揺れていた。

それにしても一首が醸し出す心地の良い響きには、うっとりさせられる。「つく」は月の古い詠み方だ。「つき」と発するよりも、ぐっと和らいだ印象がある。
恋心にもだえる若者が小さな点であるならば、月の光を浴びた山や草木、つまり大きな自然が、すっぽりと包み込む。あいびきという人間男女の行為が、大自然の中の、一つの現象になっている。これこそ万葉集の歌が持つ野性的な生命力にほかなるまい。

〔**東山道**〕古代の律令制度下、中央政府が設けた官道の一つ。人や物資の移動を迅速にし、地方への支配を強めようとした。近江から美濃、飛騨を経て信濃に入り、碓氷峠から群馬、東北へと向かっていた。

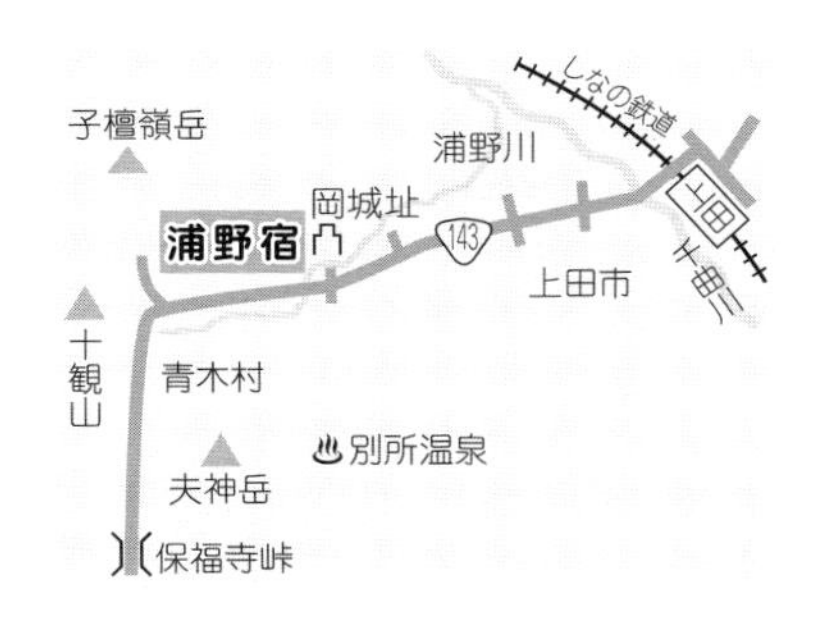

移ろう時節に哀愁ひとしお

信濃なる　須賀(すが)の荒野(あらの)に　ほととぎす
鳴く声聞けば　時すぎにけり
（万葉集巻14　東歌）

万葉の旅人も、心安らいだのではないか。同じ体験を重ね合わせた心境に駆られてくる。目にも爽やかな瑠璃(るり)色。染み入るようなコバルトブルー。濃く、そして深い、鮮やかな青色である。それが、すがすがしい緑の木々に囲まれ、すっぽりと静かな水辺の空間をつくっている。塩尻市街地の南、宗賀地区にある平出(ひらいで)の泉だ。

ここまで塩尻駅から約2・3キロ、歩いて40分ほどの道中は、日差しを遮るものが何一つない。ほぼ中央線沿いに桔梗ケ原を貫く舗装道路の両側は、広々とブドウ畑が連なっている。

炎天下、タオルで汗を拭いながらたどり、ようやく泉のほとりの木陰に腰を下ろした。涼風が汗ばんだ肌をかすめていく。ホッと一息つくにつれ、「信濃なる…」で始まる歌が、頭の中を行き来し始めた。千数百年も昔の万葉人は、ここにどんな思いを託そうとしたのか—。

周囲の木々が映える平出の泉

信濃の国の須賀というところにある荒れた野原で、ホトトギスの鳴く声を聞くにつけ、もう時は過ぎ去ってしまったのだと、しきりに思えてならない…。こんな、しんみりとした心情が、歌全体に込められている。

ところが一歩踏み込むにつれ、かねがね解釈が割れてきた。それも基本的なところで異なるから戸惑わされる。

まず、肝心の「時すぎにけり」の時が、何を指しているかだ。田植えや草取りなど農耕をする時期、都から地方へ来ていた人が戻る時、旅に出ていた夫が帰ってくるころ、恋人と会う約束をした時など、幾つかあって定まらない。だれが詠んだのかをめぐっても、見解は分かれている。

東歌には信濃をはじめ都から遠く離れた東国で、人々が歌い合う民謡調のものが多く含まれる。この歌も土地の人たちが農耕を思い描いて歌ったとするのが一方の解釈だ。

もう一つは、都からこの地へ通りかかった旅人が、都に残してきた人を懐かしんで詠んだ歌とする説である。民謡ではなく、個人の感慨ということになる。

遺跡の復元住居が往時をしのばせる

須賀の地名に関しては、今の上田市菅平を挙げる向きもある。けれども大勢は、広大な松本平の南端、木曽谷の入り口に近い桔梗ケ原、その中でも平出遺跡周辺とする見方が根強い。

平出の泉に足が向かったのも、この説に引かれてのことだ。地下から湧き出る清水は、四季を通じて絶えることがない。この水で縄文から弥生、古墳時代の豊かな集落が育まれた。

復元された古代の村を眺めれば、荒野どころではない。より華やかな都を見慣れた人の目だからこそ、荒野と映ったのだ。そんな確信を覚えるのだった。

〔**ホトトギス**〕夏の渡り鳥で全長約28センチ。ヒヨドリよりやや大きい。古来、春のウグイス、秋の雁と並んで親しまれ、文学作品に多く登場する。あやめ鳥、さなえ鳥、たちばな鳥、夕かげ鳥などの異名も。

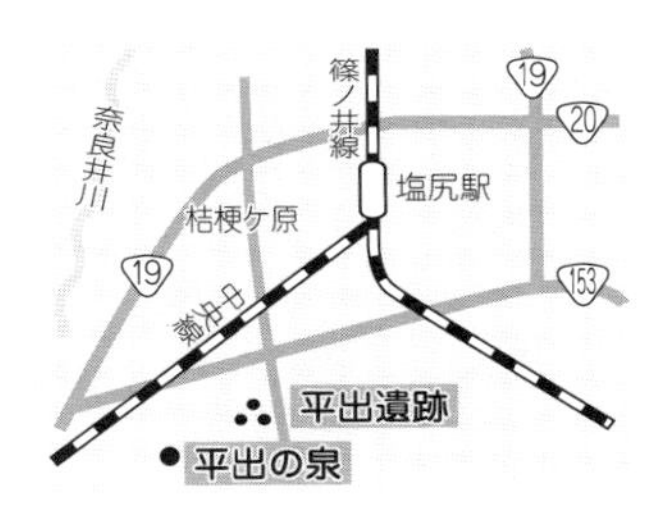

命の瀬戸際で歌う恋しさ痛切に

あらざらむ　この世のほかの　思ひ出に
いまひとたびの　逢ふこともがな
和泉式部

〈私は間もなく死んでしまって、この世からいなくなるでしょう。ですから死んだあと、あの世での思い出になるように、せめてもう一度だけあなたに、どうしてもお会いしたいのです〉

哀切極まる真情の込められた歌であり、『百人一首』に登場する。作者和泉式部は平安時代の女流歌人。権勢をほしいままにした藤原道長の娘、中宮彰子に女房として仕え、才色兼備の誉れも高い。

それがなぜ、京の都から遠く離れた山深い信濃路で、うた紀行の題材になるのか――。そこがまた和泉式部という個性の強烈な人物がはらむスケールの大きさ、さらには、謎めいた生涯ゆえの魅力でもある。

話は移って諏訪郡下諏訪町に伝わる「かなやき地蔵」伝説だ。粗筋を牛丸仁氏の『諏訪盆地の民話』（信濃教育会出版部・現信州教育出版社）に借りると—。

諏訪湖の東南、中金子村に生まれた娘カネは、幼くして両親に先立たれ、下諏訪の問屋に引き取られました。つらい下働きに耐えながらも、夜になると父母が恋しくてなりません。そっと抜け出し、道端のお地蔵さんにご飯粒を供え、身の上話をしては寂しさを紛らわすのでした。

ある晩、ご飯を懐に入れたところを見つかり、焼け火箸を額に押し付けられます。あまりの痛さに外へ飛び出し、地蔵にすがりつきました。すると痛み

参道からの来迎寺

は消え、代わりに地蔵の額が傷ついていました。

数年後、都の位の高い人が通り掛かり、カネの賢さを見抜いて一緒に帰ります。やがて都で学才を磨き、成長したカネこそ和泉式部だ—というのです。

それから300年後の鎌倉時代、各地を見回っていた武士の北条時頼が、京都嵯峨野の草むらで「下諏訪に連れて行ってくれ」と、悲しげに呼ぶ声を耳にしました。カネが持ってきた地蔵です。無事に戻って来迎寺（らいこうじ）に祭られ、「かなやき地蔵」として慕われることになりました。

境内の和泉式部歌碑

いかにも伝説らしく、筋書きがよくできている。地蔵信仰の味付けも効いている。何よりこの話が、和泉式部と信州とを結び付けてくれることがうれしい。
諏訪湖の北、ＪＲ下諏訪駅前の通りを経て諏訪大社下社秋宮に通ずる道を左にそれ、旧中山道をたどる。本陣だった岩波家の立派な門構えを眺め、右に枝分かれした道を進めば、参道が現れて来迎寺の境内へと導かれた。

なるほど地蔵堂がどっしり構えている。その前には、和泉式部の歌碑が立っている。千年もの歳月と京都までの長い道のり…。はるかな時空を超え、平安の才女を親しくしのばずにはおれなかった。

帰宅してこの一首が採録された『和泉式部集』を開いてみる。そこからは、孤独な中にゆらめく女性の情念が立ち上ってきた。伝説的な歌人の底力に違いない。

〔**和泉式部集**〕多彩な恋愛経験で知られる和泉式部の個人歌集。11世紀の宮廷女流文学全盛期を飾る代表作の一つに数えられる。もう一つの『和泉式部日記』は歌物語風の作品。

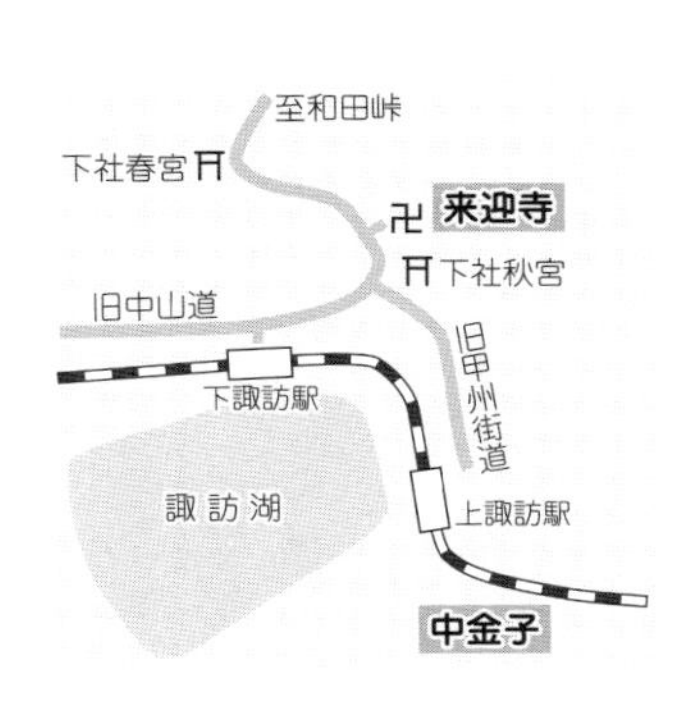

第4章　詩

初々しく人生の扉を開く

初恋

島崎　藤村

まだあげ初（そ）めし前髪（まえがみ）の／林檎（りんご）のもとに見えしとき
前にさしたる花櫛（はなぐし）の／花ある君と思ひけり
やさしく白き手をのべて／林檎をわれにあたへしは
薄紅（うすくれない）の秋の実に／人こひ初めしはじめなり

日差しが明るい。「初恋」の舞台・旧中山道の馬籠宿は、南に開けた坂の道に沿って家並みが続く。かつては中ほどに文豪、島崎藤村の生まれ育った家があった。問屋や庄屋を兼ねた本陣だ。今はその跡に藤村記念館が建っている。

2005（平成17）年2月の県境を越えた合併以降、岐阜県中津川市の馬籠である。それまでの長野県木曽郡山口村の馬籠ではない。もう「信州が誇る藤村」とは表現できない寂しさを覚えながら、しきりに観光客が出入りする記念館の黒塗りの門を眺めていた。すると、ロマン薫る詩句がよぎってくる。高校生のころだろうか。何度も繰り返しているうちに、いつの間にかそらんじていた。

おかっぱ頭だった少女が前髪を上げて結い、にわかに娘らしくなる。その美しさに少年の胸はときめいた。赤いリンゴの実を介し、恋心が膨らんでいく。

馬籠宿の藤村記念館

わがこゝろなきためいきの
その髪の毛にかゝるとき
たのしき恋の盃（さかずき）を
君が情（なさけ）に酌みしかな
林檎畠の樹（こ）の下に

おのづからなる細道は
誰が踏みそめしかたみぞと
問ひたまふこそこひしけれ

初々しさの中に少しだけ熟れた雰囲気が漂うのは、年上の娘のませた色香だろう。隣家には「おゆふ」という、1歳年長の幼なじみがいた。「初恋」の少女のモデルとされる。

そうだとしても藤村自身は9歳で馬籠を離れ、上京した。16年後、25歳で世に送った詩集『若菜集』を飾ったのが「初恋」だ。その間、明治学院に入学し、自由な空気と西洋文学に触れる。明治女学校英文科の教師になってからは、教え子との恋愛問題に苦しんだりもした。

時あたかも江戸から明治へ、時代は頑強な古い風潮の一方、若者たちに新たな理想を求めさせ、人間としての生き方を模索させる。藤村も自ら進んで時流と切り結ぶ荒波に乗り

往時をしのばせる妻籠宿

出した。先輩の北村透谷と同人誌『文学界』を立ち上げ、浪漫主義の旗を高々と掲げる。そういう意味では「初恋」は、木曽の馬籠で原型が芽生え、先駆的な文学運動の渦中で熟成した果実であった。

そんな思いを巡らしつつ、馬籠峠を越え、妻籠宿へ歩いて下った。そこは、あのおゆふさんが成人して嫁ぎ、一主婦として生涯を終えたところだった。

若菜集を出したころの藤村（藤村記念館提供）

〔**文学界**〕１８９３（明治26）年創刊の文芸雑誌。北村透谷を中心に若い同人たちが、恋愛を賛美するなど自我の解放を唱え、詩や評論でロマン主義運動を推進した。

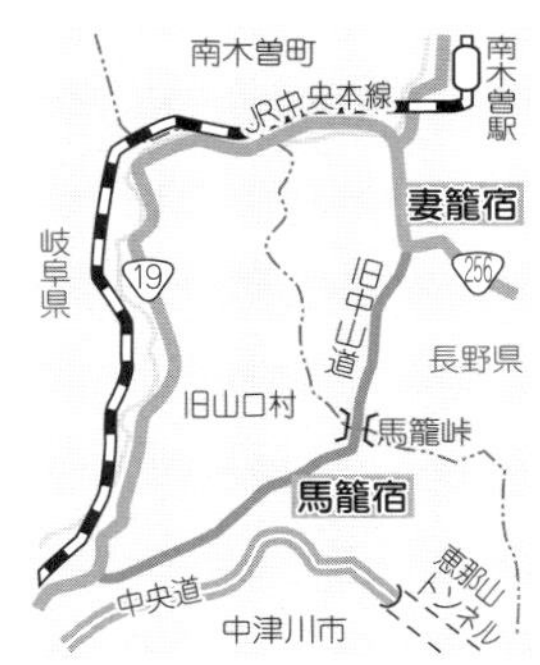

街道と蚕が育んだ夢空間

秋和の里

伊良子（いらこ）　清白（せいはく）

月に沈める白菊の／秋冷（すさ）まじき影を見て
千曲少女（おとめ）のたましひの／ぬけかいでたるこゝちせる
佐久の平の片ほとり／あきわの里に霜やおく
酒うる家のさゞめきに／まじる夕（ゆうべ）の雁の声

7音・5音、7音・5音…と繰り返す七五調の優美な詩だ。日本人の感性を心地よくくすぐるリズム感に、おのずからうっとりさせられてしまう。晩秋というよりは、もう初冬の情景と言ったほうがいい。澄みわたった月の光を浴び、菊の花が冷え冷えと映える時季である。

千曲おとめの心根が抜きん出て美しい「秋和(あきわ)の里」とは、どんなところなのだろうか。続く「酒うる家のさゞめき」といった言葉が、情緒たっぷりに想像の世界へ招き、詩心、旅心を誘わずにはおかない。あらためて上田市に足を延ばした。

矢出沢川に架かる高橋かいわい

市街地の北側には太郎山（１１６４メートル）が屏風さながら立ちはだかり、〝信州の鎌倉〟塩田平へと広がる家並みを見下ろしている。その太郎山を源とする千曲川の支流、矢出沢川が、市街地に入ってしばらく旧北国街道と並行し、西へ流れる。今なお川沿いには、白壁の土蔵が往時の一端をとどめ、上紺屋町、下紺屋町と続いていく。

やがて南へ方向を変えた矢出沢川と善光寺方面へ西に向かう街道が交差する。ここら辺りまでが、上田藩５万８千石の城下だった。

そこから先は農村地帯に変わる。かつての小県郡生塚（うぶつか）村、秋和村や上塩尻村、下塩尻村である。太郎山に連なる山裾が、緩やかに千曲川へ傾斜している。

一帯は江戸末期から明治、大正、昭和の初めにかけて養蚕が盛んだった。〝蚕都〟上田を支える基盤である。とりわけ塩尻や秋和は、蚕の卵を育てる蚕種業が盛んな地として知られる。

一里塚跡の道しるべ

その秋和に詩人の滝沢秋暁がいた。家業の蚕種問屋を担いつつ、投稿雑誌「文庫」を拠点に文学活動に打ち込んだ人だ。

1902（明治35）年11月5日、秋暁宅を同じ文庫派の詩友、伊良子清白が訪ねた。現在の鳥取市生まれの医師であり、明治、大正、昭和期の詩人である。直江津から汽車に乗って立ち寄ったのだった。

気の置けない詩の仲間同士、さぞ話が弾んだことだろう。「秋和の里」のロマン薫る詩情が物語っている。

そんな面影を求めていくと、一里塚跡に立つ石の道しるべに出合った。「右北国街道左さくば道」と刻まれている。さくば道は農道のことだ。たぶん桑畑に通じていたに違いない。再び戻って城下の入り口にたたずめば、矢出沢川に「高橋」と称する橋が架かっている。近くには詩に登場する「酒売る家」があった。

川岸に柳の枝がなびき、白壁がまぶしい。月明かりの下、2人の詩人の魂が共鳴し、一編の詩を誕生させている。

伊良子清白（三重県鳥羽市教育委員会提供）

〔**文庫派**〕明治期の文学作品投稿雑誌「少年文庫」、改題して「文庫」を登竜門に一家をなした詩人、歌人たち。伊良子清白はじめ北原白秋などもいる。

距離と時間を乗り越えて

雪尺余

津村　信夫

あの人は死んでゐる／あの人は生きてゐる
私は　遠い都会から来た／今宵　哀しい報知（しらせ）をきいて
駅は　貨車の列は／民家も燈も　人の寂しい化粧（よそおい）も
地にあるものは　なべて白い

（中略）

重体、危篤。とりわけ愛する人が、生死の境に遭遇している。そう教えられれば、もう、居ても立ってもいられない。不安、焦燥、悪夢。悪い方へ、不吉な方向へ、思いは走りやすい。津村信夫がそうだった。

1935（昭和10）年1月、慶応大学経済学部の卒業を控え、卒論などに追われていた津村の元に、「小山昌子重体」の知らせが届く。前年の夏、軽井沢で知り合って以来、東京から善光寺の街へ通い、頻繁に手紙を出し、胸中を打ち明けてきた、恋しくてならない人だ。

冬の日、往時の面影が残る南県町の小路

昌子にとって父親代わりの義兄、小川初次郎には結婚したい気持ちを伝えてあった。その初次郎からの連絡だ。津村は汽車に飛び乗った。上野から長野まで信越線で約8時間。碓氷峠を越える際は満月が、降り積もった雪を青白く照らしていた。

長野に着くと、昌子は南県町の桑原病院で身を横たえていた。盲腸炎の手遅れで腹膜炎を併発したのだ。2度の手術をし、4日間は意識も薄れたままだった。そしてようやく、快方の兆しを見せたところである。

「雪尺余」はこう続く。

あの人は死んでゐない
あの人は生きてゐない
だが　あの人は眠つてゐる
小さな町の　夜の雪に埋つて
ひとの憩ひの形に似て

昌子は1913（大正2）年3月18日、西長野の紙類を扱う商家に生まれた。15歳で父親が急死し、苦労を重ねる。大病を患ったこの当時は、パンとケーキ職人の次兄繁蔵が、南県町に開いた店「勢国堂」の手伝いをしていた。

往生地の高台から見渡す西長野周辺

津村信夫は1909（明治42）年1月5日、神戸市で誕生した。父親は学者で実業家、母親は貴族院議員の娘という〝坊ちゃん〟である。既にこのころ、大学生ながらも詩の世界では詩誌「四季」仲間の精鋭として頭角を現しつつあった。

「雪尺余」は〈あの人は生きてゐる〉の一行でもって終わる。不安から解放された安堵感、さらには喜び万感があふれ出そうだ。それから80年余、今も南県町には桑原外科と勢国堂が、すっかり装いを改めて存在する。人目を忍ぶようにして二人が歩いた妻科の住宅地も往生寺の高台も近い。

けれどもこの一角にかつて、こんな愛のドラマが展開していたとは、つい知らずにいた。表通りから一歩それるや、古い家並みの小路が、かすかに往時をしのばせる。そこにたたずめば板塀の角から、丸顔で優しげな津村、その背に寄り添うように美人の誉れ高い昌子が、ふと立ち現れそうな気がしてきた。

津村信夫
（春木初枝氏提供）

〔**四季**〕明治期の文学作品投稿雑誌「少年文庫」、詩の同人誌。津村の加わった第2次は丸山薫らが1934年創刊。伝統精神をくみつつ日本近代詩をリードした。

（昌子の生年は津村全集などの年譜に1914年と記され、週刊長野掲載時もこれに依拠しましたが、ご家族への確認で正しくは1913年でした）

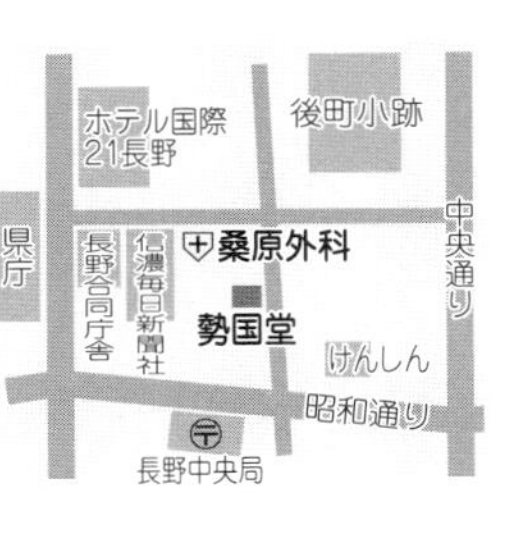

限られた歳月と向き合い

宮越　由貴奈

命

命はとても大切だ／人間が生きるための電池みたいだ
でも電池はいつか切れる／命もいつかはなくなる
電池はすぐにとりかえられるけど／命はそう簡単にはとりかえられない
何年も何年も／月日がたってやっと／神様から与えられるものだ

安曇野のシンボル常念岳が、残雪を輝かせてそびえ立つ。田植えを済ませて間もない田んぼには、青い空や白い雲を背にした山々が、水鏡さながらくっきりと影を落としている。間近に水田の広がる中、赤い屋根の建物が幾つか肩を寄せ合い、遠くからも人目を引く。近づけば時計台がひときわ高い。安曇野市豊科、長野県立こども病院だ。

田園に溶け込んだメルヘン風のたたずまいを眺めるたび、一編の詩「命」が切々と胸に迫ってくる。『電池が切れるまで　子ども病院からのメッセージ』（角川書店）の冒頭に登場する。

さかのぼれば1998（平成10）年6月、一人の少女が11歳4カ月の短すぎる生涯を閉じた。小学4年生、宮越由貴奈さん。5年半に及ぶ闘病、手術3回の苦痛に耐えながらなお、旅立たざるを得なかった。

県立こども病院には「院内学級」がある。由貴奈さんもそこで勉強していた。そして理科の授業「乾電池の実験」を終え、一気に書き上げた詩が「命」である。

亡くなる4カ月前だった。まさに短い生涯を凝縮させている。精いっぱい生きようとし、その通り精いっぱい生きたことを、けなげに、説得力豊かに物語っている。

安曇野の水田に囲まれた県立こども病院

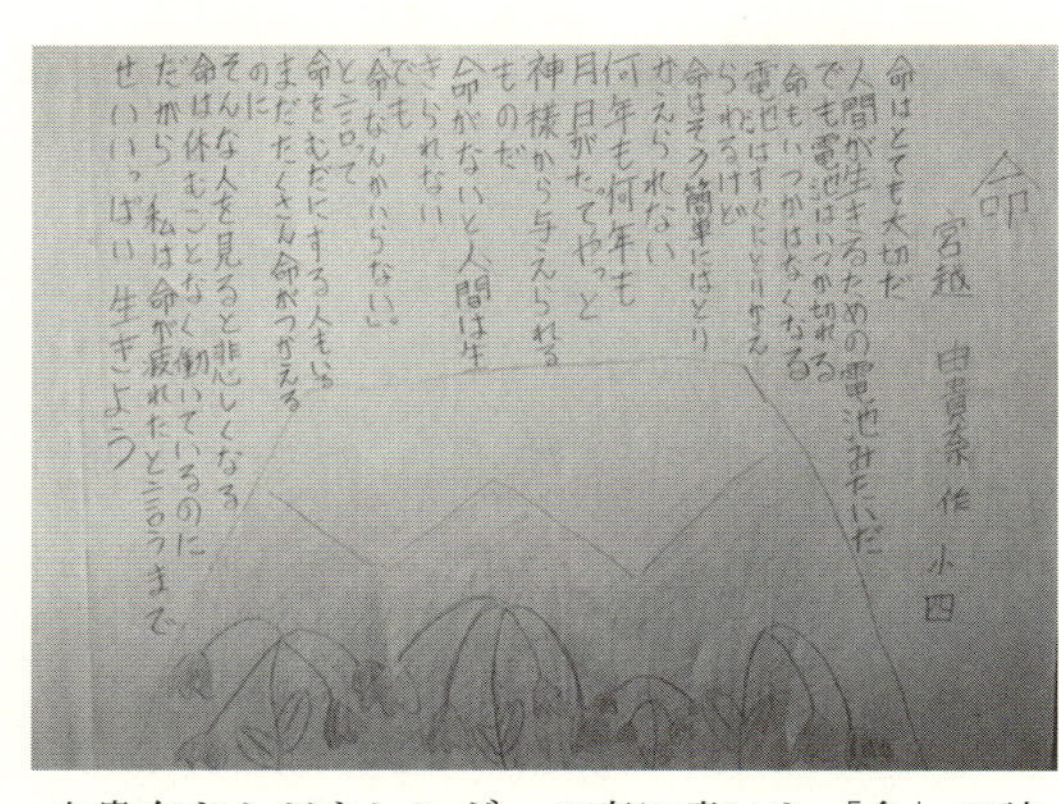

由貴奈さんがカレンダーの裏に書いた「命」の詩。
絵は家から見える富士山と大好きなスズラン

詩はこう続く。

命がないと人間は生きられない
でも
「命なんかいらない。」
と言って
命をむだにする人もいる
まだたくさん命がつかえるのに
そんな人を見ると悲しくなる
命は休むことなく働いているのに
だから　私は命が疲れたと言うまで
せいいっぱい生きよう

このころ全国的に少年少女たちの自殺が繰り返され、教師や親たちが心痛める社会的な問題になっていた。自殺に結びつきがちないじめも、深刻さを増している時期であった。由貴奈さんが悲しんだ「命をむだにする」風潮だ。こども病院では幼い子も交え、大勢が必死に、懸命に、日々、病と向き合っている。

そんな一人だった由貴奈さんは１９８７（昭和62）年2月、諏訪郡富士見町に生まれた。４人姉妹の長女として育ち、忙しい自営業の両親の下、よく妹たちの世話をする子だった。

ところが、何ということだろうか。５歳の暮れに足の痛みが生じ、信大附属病院で小児がんの一種、神経芽細胞腫（しんけいがさいぼうしゅ）と診断される。

自らの命と引き換えにこの世に刻んだ「命」のメッセージ。今も変わらぬ強さで私たちすべての人に、命の大切さを発信し続けている。

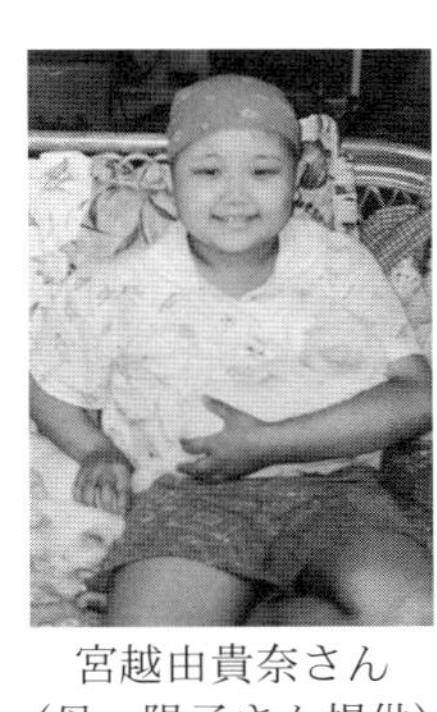
宮越由貴奈さん
（母・陽子さん提供）

〔**院内学級**〕長期にわたって入院する子どもたちのために、近隣の小中学校が支援する病院内の教室。一人一人の状況に応じた個別指導が中心。

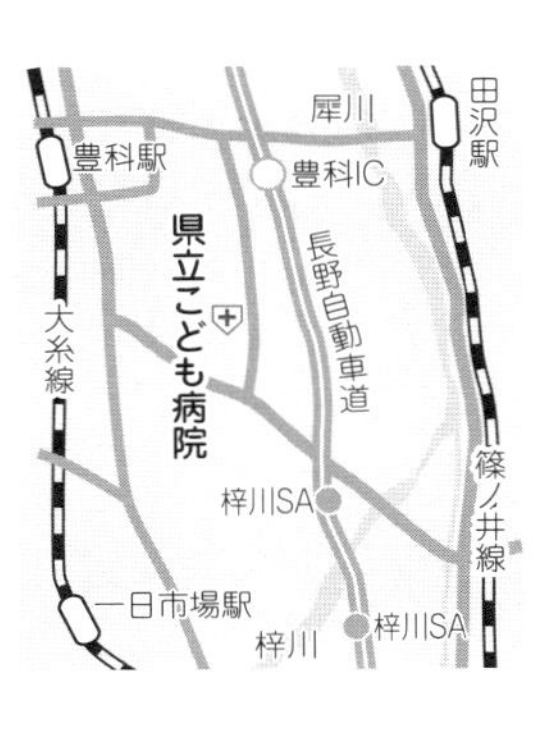

特攻死を前に恋のあきらめ切々と

きょうこちゃん　さようなら　僕はきみがすきだった。
しかし　そのとき　すでにきみはこんやくの人であった。
わたしはくるしんだ。
そして　きみのこうフクをかんがえたとき
あいのことばをささやくことを　ダンネンした。
しかし　わたしはいつも　きみをあいしている

上原　良司

うれしいにつけ悲しいにつけ詩は、人の心の奥深くにある情感が言葉になって、表に現れ出たものだ。そうであればこれもまた、紛れもなく「詩」である。

なるほど短歌や俳句のように、5・7・5・7・7とか5・7・5といった形式を踏んではいない。感情表現が多彩で豊かな現代詩とも違う。けれども、いちずに心情を吐露している。けなげな愛の告白になっている。体裁こそ詩歌ではないにせよ、その中身においては、詩歌の部類に含めておかしくはないだろう。

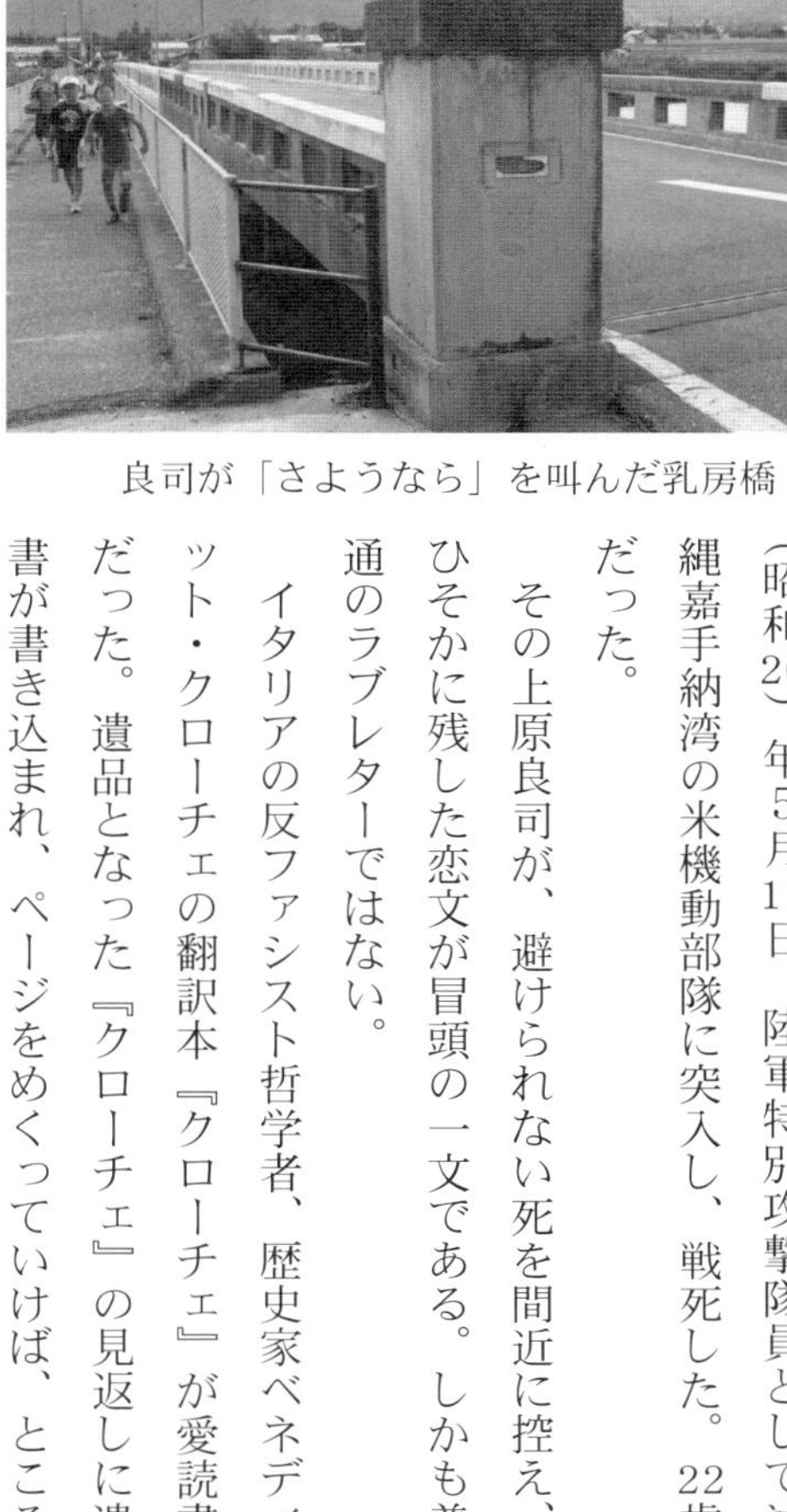

良司が「さようなら」を叫んだ乳房橋

上原良司。太平洋戦争の終結を目前に1945（昭和20）年5月11日、陸軍特別攻撃隊員として沖縄嘉手納湾の米機動部隊に突入し、戦死した。22歳だった。

その上原良司が、避けられない死を間近に控え、ひそかに残した恋文が冒頭の一文である。しかも普通のラブレターではない。

イタリアの反ファシスト哲学者、歴史家ベネディット・クローチェの翻訳本『クローチェ』が愛読書だった。遺品となった『クローチェ』の見返しに遺書が書き込まれ、ページをめくっていけば、ところどころ丸印で文中の文字を囲ってある。それをたどると、恋文になるのだった。

以上の秘話は、安曇野市の地域史研究家中島博昭氏の労作『あゝ祖国よ　恋人よ　きけわだつみのこえ　上原良司』（信濃毎日新聞社）に教えられた。

碑に刻まれた良司の肖像

晩夏の昼、北安曇郡池田町、あづみ野池田クラフトパークの坂道を上る。高台に立つ良司の碑を目指した。特攻攻撃の前夜に書き記した最後の遺言「所感」の要点が刻まれている。
〈あすハ自由主義者が一人この世から去って行きます〉
眼下に安曇野が広がる。この近くで医師の家に生まれ、幼少のころは真正面に見える有明山（2268メートル）の麓で育った。
直線距離でざっと4キロ弱。稲穂が黄色く垂れる田の間を歩きながら、死を覚悟する一方で燃え募る恋心を抑えられない青年の、苦しい胸中に思いが巡る。

　ＪＲ大糸線有明駅の近く、安曇野市有明に乳房橋（ちぶさばし）という名のコンクリート橋がある。45年4月、母親ら家族に別れの帰郷をした良司は、この橋で「さようなら」を3回、大きく叫んで去った。

　そして1年後の46年4月26日、こんどは小さな骨つぼに姿を変え、乳房橋を渡って無言の帰宅―。これが当時の青春であった。

上原良司

〔**特別攻撃隊**〕略して特攻。第2次世界大戦の末期、日本軍の劣勢打開に向け、敵艦艇に体当たり攻撃するために編成された陸海軍の部隊。航空機のほか人間魚雷なども。

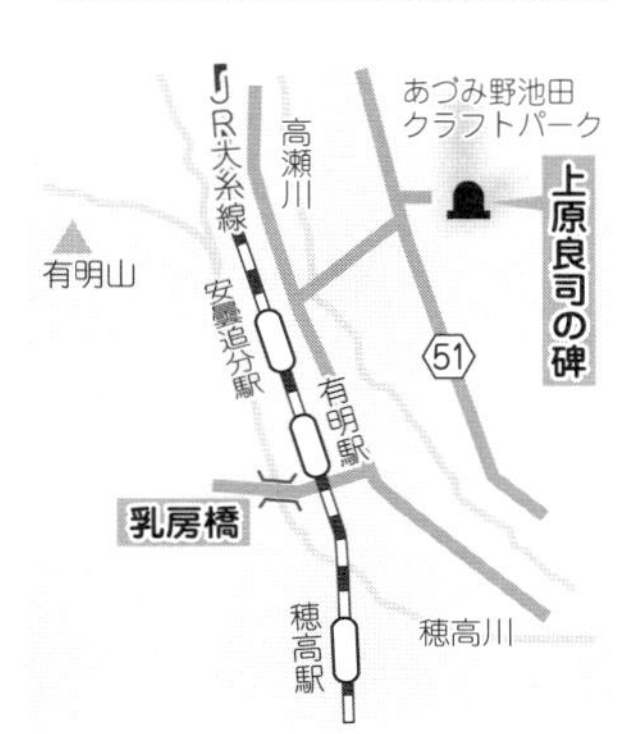

慕情、清らかな詩心で封印し

相聞（そうもん）　三

芥川　龍之介

また立ちかへる水無月（みなづき）の
嘆きを誰（たれ）にかたるべき。
沙羅のみづ枝（え）に花さけば
かなしき人の目ぞ見ゆる。

人、人、人…。夏の最盛期、軽井沢は若者たちで華やいでいる。新幹線だと東京から1時間余り、盛り場がそっくり信州の一角に引っ越したかのようだ。にぎわいの中心、旧軽井沢通りを抜け、東の外れまで歩いてきた時、ようやくホッと一息つけた。目の前の木造2階建て「つるや旅館」の落ち着いたたたずまいが、往時の軽井沢へと時間をさかのぼらせていく。

1924（大正13）年8月23日までの約1カ月と翌年の8月21日から9月上旬まで、この旅館に当代の人気作家芥川龍之介が滞在した。詩人で小説家の室生犀星ら文士たちに親しまれた老舗旅館である。ここで龍之介は、同じく一夏を過ごす歌人・翻訳家の片山広子と巡り合った。

旧軽井沢通りのつるや旅館

ふつふつと湧きあがる恋心をどうにも抑えられない。「相聞」と題する一連の4行詩が、苦しい胸中を伝える。

水無月は旧暦の6月で、夏の盛りだ。絶えずそこへ思いが戻ってしまう切なさは、誰にも打ち明けることができない。

沙羅は夏椿のこと。しなやかに伸びるみずみずしい枝に、純白の花が咲くのを目にするにつけ、つくづく身に染みていとしい人の清らかな瞳と二重写しになってくるのだった。

軽井沢では、つるや旅館の主人らを交え、碓氷峠や追分に出掛けたりした。東京では手紙の交換を重ねた。一緒に演劇を見たり、食事をしたこともある。

大正13年といえば龍之介は32歳、もちろん妻子がいる。広子は14年上の46歳。大蔵省勤務、日本銀行理事の夫には先立たれていたものの、一男一女の母親だ。なんとしても踏みとどまらなくてはならない。

龍之介は翌大正14年、旋頭歌「越びと　二十五首」を『明星』3月号に発表した。うたの世界で恋情を燃焼させようとしている。抒情詩（じょじょう）「相聞」も、同じ苦しみの中で詠まれた。

樹林の間の散策路

睡眠薬をあおって35歳で自殺する直前に書き上げた自伝的小説『或阿呆の一生』に、こんなくだりがある。

彼は彼と才力の上にも格闘出来る女に遭遇した。が「越し人」等の抒情詩を作り、僅かにこの危機を脱出した。それは何か木の幹に凍った、かがやかしい雪を落すや

うに切ない心もちのするものだった。

風に舞ひたるすげ笠の／何かは道に落ちざらん。

わが名はいかで惜しむべき／惜しむは君が名のみとよ。

既に一家を成す年上の女性を、世間の醜聞にさらさせない―。いろいろ解釈できるにせよ、慕う人の名誉こそ大事にしたいという龍之介なりの最大限の、愛情表現ではないだろうか。理性、理知の人、龍之介が、情愛の波動を必死に乗り越えようとしたのだ。

大正13年、軽井沢滞在時の芥川龍之介（日本近代文学館提供）

〔**旋頭歌**〕短歌や長歌などと並ぶ和歌の形式の一つ。5・7・7の上3句と同じく、5・7・7の下3句の6句からなる。主に万葉集の時代に詠まれた。頭の上3句を繰り返す意味とされる。

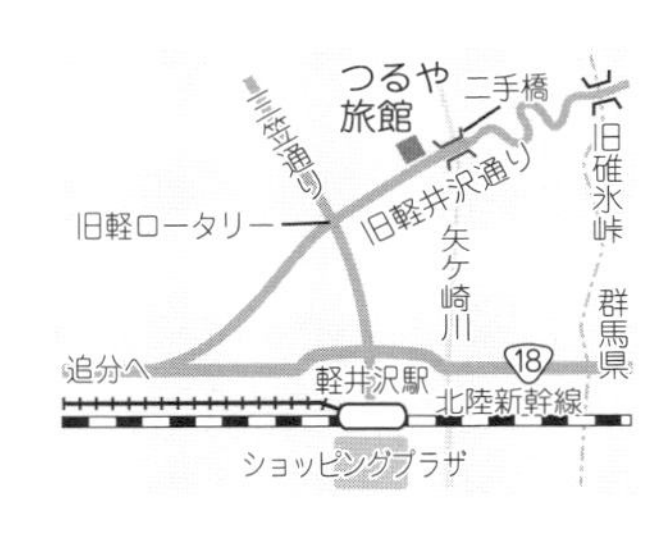

高原の恋は短くも切なく

夢みたものは……

立原　道造

夢みたものは　ひとつの幸福
ねがつたものは　ひとつの愛
山なみのあちらにも　しづかな村がある
明るい日曜日の　青い空がある

そよ風が高原を吹き抜けていく。空気はカラッと乾き、澄んだ空がまるで巨大な窓のように開け放されている。浅間山（２５６８メートル）の麓、草原と木立が山裾に向かって波打つように広がる。

詩人の立原道造は軽井沢の中でも、とりわけここ追分周辺の風景や人情に心引かれた。

明るくておおらか、それでいてどこか哀愁の忍び寄る雰囲気を、感じ取っていたのではないだろうか。それは、詩人としての立原の感性そのものでもあった。

１９３９（昭和14）年３月29日、わずか25歳で死去する。あとには第３詩集『優しき歌』の草稿が、ほぼ仕上がった状態で残された。いずれも14行詩、全部で11編。その中に「夢みたものは……」がある。冒頭の４行を受け、こう続く。

日傘をさした　田舎の娘らが
着かざつて　唄（うた）をうたつてゐる
大きなまるい輪をかいて
田舎の娘らが　踊をどつてゐる

詠み込まれた詩句が代わる代わるリズムを刻む。涼しげに風を感じさせる。

東京生まれの立原は34（昭和９）年、東大工学部建築科に入学。７月には追分を訪れ、旧追分宿の油

旧追分宿の家並み

「右は越後へ行く北の道／左は木曽へ行く中仙道」。立原の詩にも登場する追分の「分去れ」

屋を宿に一夏を過ごした。初めての村暮らしがすっかり気に入る。順調に卒業し、銀座数寄屋橋の石本建築事務所に就職。ところが肋膜炎（ろくまく）を患ってしまう。静養がてらの滞在先が、やはり追分だった。

翌38（昭和13）年、24歳の春。同じ建築事務所で働く19歳のタイピスト、水戸部アサイを愛するようになった。

6月の日曜日、追分への日帰り旅行に誘う。当時の国鉄信越線、現在のしなの鉄道信濃追分駅近く、草むらの傍らでプロポーズした。

2人の間でどんな会話が交わされたかは分からない。そのころの体験を下敷きにした遺稿集『優しき歌』の一編一編が純度の高い愛の世界を今日に伝える。

告げて　うたつてゐるのは／青い翼の一羽の小鳥
低い枝で　うたつてゐる／夢みたものは　ひとつの愛

ねがつたものは　ひとつの幸福／それらはすべてここにある　と

「夢みたものは……」の後半6行だ。

夢みた愛の前に〝不治の病〟だった肺結核が立ちはだかる。半年後、立原は旅先の長崎で激しく喀血（かっけつ）した。既に手遅れの状況のまま東京の療養所に入る。水戸部アサイは、付きっきりで献身的に看護した。わずかな月日である。それだけが2人に許された愛のスタイルであった。

立原道造（昭和13年撮影・日本近代文学館提供）

〔14行詩〕西欧の叙情詩の一形式。ソネット。4・4・3・3ないし4・4・4・2の14行で構成。日本でも蒲原有明らが明治期の近代詩から試みている。

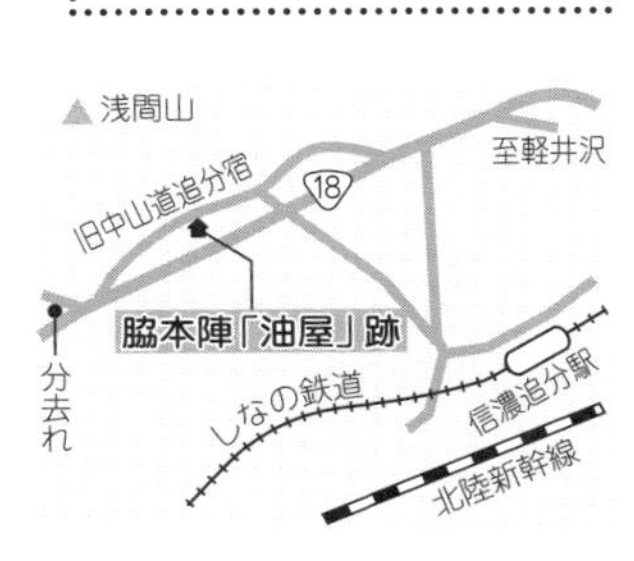

大正ロマンの薫り高く

竹久　夢二

宵待草

まてど　暮らせど　来ぬひとを
宵待草の　やるせなさ
こよひは月も　出ぬさうな

歩いていると、思わぬ発見がある。千曲市の大正橋で、欄干にはめ込まれた竹久夢二の美人画に出合った。しなの鉄道戸倉駅側から、川向こうの戸倉上山田温泉方面へ、10年前に造り替えられた橋は、歩道も広々としていて歩きやすい。

橋の中ほど、パネルに描かれた絵は一目で夢二のそれと分かる。着物姿の弱々しげな女性が独り、川岸の草に腰を下ろす。周りには黄色い花がちらほら咲いている。かなわぬこととあきらめながらも、ひたすら人を待つ。やるせないその風情は、たちまち「宵待草」のロマン薫る世界へといざなってくれた。

1910（明治43）年8月、夢二は千葉県の犬吠埼に近い海岸、海鹿島（あしかじま）を訪れた。数え27歳。たまたまそこで19歳のかわいい文学少女と知り合い、心引かれる。

千曲川に架かる大正橋

翌年の夏、再び足を運んだ。けれども、夢二が「お島さん」と呼んだ彼女は現れない。既に嫁いでいたのだ。すっかり落ち込んだ気持ちを詩心に託したのが「宵待草」である。

もともとは8行にわたる詩だった。夢二にとって最初の詩集「どんたく」に掲載するに当たり、今日に伝わる3行詩に書き改めている。この詩に感動したバイオリニスト多忠亮（おおのただすけ）が17（大正6）年、情緒たっぷりに感傷的な曲を付けた。翌年、夢二の表紙絵で楽譜が出版され、大正ロマンを彩る代表作として今なお歌い継がれることになる。

欄干の夢二の絵

だから「宵待草」誕生に信州との直接的な接点はない。夢二自身も岡山県に生まれ、上京して苦学の末、挿絵画や叙情画の売れっ子、人気作家に躍り出た人だ。

縁を結んだ一つは「千曲小唄」にある。作詞が上田市出身の医師で文人の正木不如丘（ふじょきゅう）。彼が夢二と親しく、その推薦で夢二は招かれ、戸倉温泉の笹屋ホテルで千曲小唄の歌詞入り絵はがきを描く。大正橋の絵はそれを原画にしている。29（昭和4）年のことだ。

画家として詩人として一時代を画した夢二人気も、既に衰えを隠せなかった。加えて4年後、結核に侵されてしまう。重症だった。八ケ岳の麓、正木医師が院長を務める富士見高原療養所で息を引き取った時、見守ったのは看護師ら病院の関係者だけである。34（昭和9）年9月1日、数えの51歳。多くの女性と恋路を重ねた果ての寂しい最期だった。

だが、感動的な物語はこの後に展開する。その年の10月半ば過ぎ、一人の中年婦人が「どんな手伝いでもしたい」と療養所にやってきた。その言葉通り、誰もが嫌がる患者の寝具の洗濯や仕立て直しなどの雑役に励む。やがて3カ月後、名も明かすこともなく立ち去った。その人こそかつての夢二の妻、そして夢二式美人画のモデルとして尽くした岸たまきであった。まるで雲間から月明かりが差し込んだかのように、ホッと心和むいい話ではないだろうか。

竹久夢二
（大正15年ごろ撮影・日本近代文学館提供）

〔千曲小唄〕大正後半から昭和初期にはやった新民謡の一つ。戸倉の青年たちの働き掛けでできた。作曲は中野出身の中山晋平。湯の町のPRに一役買っている。

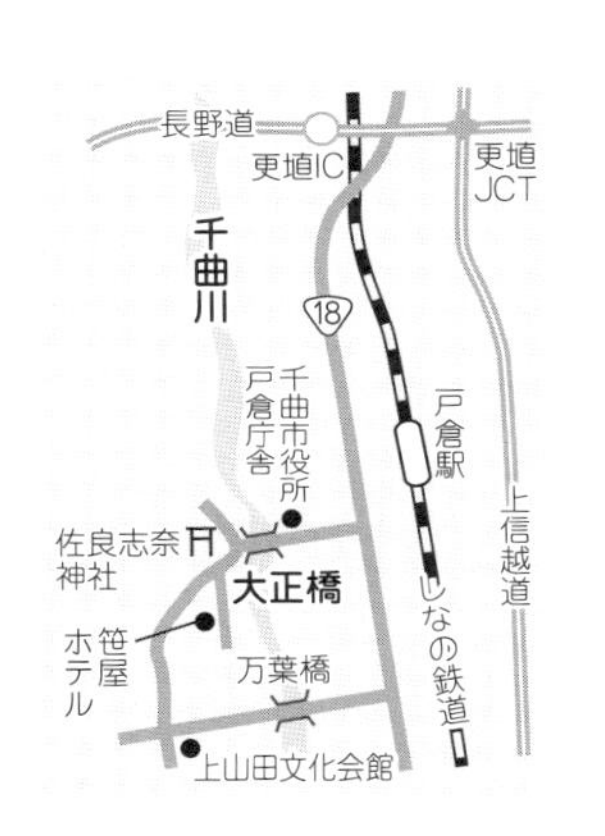

製糸工女の血涙を宿して

アー飛騨が見える
飛騨が見える

（山本茂実『あゝ野麦峠―ある製糸工女哀史―』）

まさに、〝いまわの際〟の一言だ。これほど1人の人間の、一身を振り絞って言い残した、哀切極まる望郷の叫びを、ほかには知らない。

1909（明治42）年11月20日午後2時、信州と飛騨の境、野麦峠まで諏訪湖畔から兄に背負われてたどり着いた娘が、衰弱の果て静かに息を引き取った。現在の飛騨市、当時の岐阜県吉城郡河合村角川（つのかわ）生まれの政井みね。21歳と9カ月の短い生涯だった。

その6年余り前の明治36年2月、みねは繭の糸を紡ぐ製糸工女として働きに出ることになった。15歳の時だ。父親が亡くなり、貧しい一家の暮らしの負担を少しでも軽くするため、そのころの農山村で広く行われていた〝口べらし〟である。

江戸から明治に代わって30数年。あらゆる面で近代化を急ぐ日本は、輸入品、外国人技術者の賃金などに支払う大量の外貨を必要とする。一方、輸出で外貨を稼げるものはそう多くなく、生糸が稼ぎ頭を担う時代だった。

みねが向かった先は信州諏訪。製糸の拠点、平野村（岡谷市）の製糸工場、山一林組だ。同じような境遇の少女たち１００人ほどと列をつくって３泊４日、野麦峠や塩尻峠を歩き通してのことだ。

飛騨と信州を結ぶ旧野麦街道

蚕が作った繭から生糸を撚るには、ごく繊細な糸を結んだりする若い女性の器用な手先が欠かせない。みねは順調に優れた工女への階段を上る。年間の稼ぎ「１００円工女」に数えられるまでになる。家一軒建つとされるほどの額だ。

ごく一部であったにせよ、大人の男顔負け

兄に背負われた政井みねの像

の稼ぎができる半面、少女たちの働く環境は劣悪だった。もうもうと湯気が立ち込める中、座りっ放しの長時間労働。休憩も満足に取れない。結局、みねは結核を患い、重い腹膜炎を発症してしまう。

「ミネビョウキ　スグヒキトレ」。電報を受け取った兄の辰次郎は、飛ぶようにして駆け付けた。そこで目にしたのは衰弱し、変わり果てた妹の姿だ。

背板に後ろ向きに座らせ、背負って飛騨へと引き返す。しかし無念も無念、野麦峠までの命だった。

工女たちだけが、とりたてて過酷だったのではない。むしろ現金収入を得て親孝行できる立場は、憧れの存在でもあった。工場の食事が粗末とはいえ、米が取れずヒエなどでしのぐ山村からみれば、それはそれでごちそうだ。

国際的な価格競争にさらされ、工場主たちも汗を流し、血眼になって働く。時代そのものが貧しく、厳しかった。

いま野麦峠（1672メートル）には、兄の背に乗るみねの像が立つ。木立の中の旧野麦街道では、傍らの「政井みねの碑」に花が添えられ、初冬の冷たい風に揺れていた。豊かな国へ突き進んだ日本の近代史の一こまが、ここにある。

山本茂実
（松本市歴史の里提供）

〔**野麦**〕峠や街道の名になったとされる野麦は、イネ科の植物ササのことだとする説が有力だ。凶作で飢えに苦しむと、その実を集めて臼でひき、ササの実団子にして耐え忍んだ。

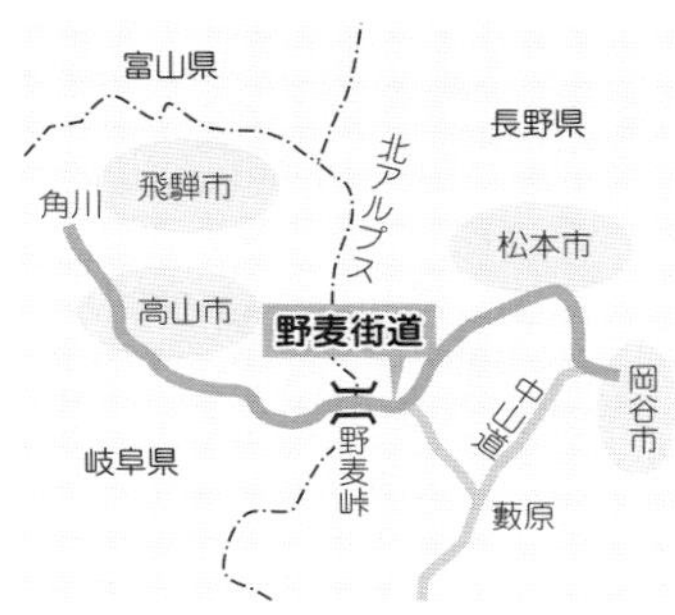

善光寺を訪れた津村信夫と昌子。2 人は 1936（昭和 11）年 12 月に結婚。翌々年、文芸の道で志を立てる決意を固めた津村は勤めていた大手保険会社を辞め、新生活に入った（152〜155 ページ参照。春木初枝氏提供）

第5章　俳句

落ち合う川、命の鼓動をまざまざと

よろこびに合へり雪解(ゆきげ)の犀・千曲

雪解犀川・千曲の静にたぎち入る

橋本　多佳子(たかこ)

長野市の東の外れと須坂市の西南部を結ぶ屋島橋。その上流で千曲川と犀川は合流する。二つの大河が、まさしく落ち合う場所だ。そこに架かる橋は、ずばり「落合橋」と名付けられている。下手に備わる歩道から見下ろせば右手に千曲川、左手に犀川が、青々と大きな帯をなして流れ下っていく。

二つの流れの間には枯れ草や低木の雑然とした砂地が挟まっている。それが細長い半島のように下流へ延びる。その先端で千曲川と犀川が出合っているはずだ。雪解けで水量も増しつつある。「よろこびに合へり…」と一句に詠まれた情景を見たい。目で確かめたい。

そんな思いに駆られた。

まず、長野市街地寄りの左岸を屋島橋からさかのぼってみた。思いのほか河原が広くて見通せない。落合橋では犀川と千曲川それぞれの真上に立つことはできても、合流点はまだ下流だ。今度はぐるりと、若穂側の右岸に回る。ほとんど河原がなく、川辺まで近づくことができた。だが、ハリエンジュやオニグルミの木立が邪魔をし、雪解川の喜び合う様子ははっきりしない。

落合橋下流で千曲川（手前）に入り込む犀川

２日後、地図を片手にもう少し下流へ出直した。河川敷に広がる畑地の農道を突っ切っていく。川岸にはアレチウリの枯れ草がびっしり、まるでマットのように覆っている。その上を歩き、水際にたどり着いた。

見える！　くさび型に突き出た砂地の先端が見える！　その砂地の向こう側から犀川の太い流れが、先端をかすめつつ手前の千曲川に押し寄せてくる。

落合橋から見る秋の犀川。はるか下流が合流点

千曲川と並行しているのではない。あたかも千曲川の流れを乗り越えるかのように、広い川幅いっぱい斜めに横断し、こちらの岸にぶつかっているではないか。

乗り越え、ぶつかり、千曲の水に覆いかぶさり、渦を巻く。泡立てながら激しく岸辺を洗う。「ガボッ　ガボッ」と野太い水音が響いてくる。まさしく「よろこびに合へり」の表現通りだ。ぴったり符合する。「雪解犀川・千曲の静にたぎち入る」をまざまざとさせる光景に息をのんだ。

１８９９（明治32）年1月15日、橋本多佳子は東京・本郷に生まれた。18歳で大阪・船場の商家の次男、実業家・橋本豊次郎と結婚する。その理解と協力の下、俳句の世界に開眼していった。しかし、38歳の秋に夫は急死し、娘4人が残された。それからは自立の道へ懸命に生き、ひたすら句作に打ち込む。

やがて中村汀女（ていじょ）、星野立子（たつこ）、三橋鷹女（たかじょ）と並ぶ昭和の代表的女性俳人の一角を占めるまでになった。４人のイニシャルから「四Ｔ」と称えられた１人でもある。とりわけ亡夫を恋う情念の激しさ、情感の豊かさが際立つ。「月光にいのち死にゆく人と寝る」の句のごとく、命の鼓動にこだわり続けた。

雪解けの川に生命力の躍動を見たのも、底流は共通している。１９５６（昭和31）年５月、属する俳句結社の大会で長野を訪れた折に詠んだ代表句の一つだ。野尻湖の別荘に滞在したこともあり、信州に題材を得た作品は数多い。第２句集を『信濃』と名付けたほどだ。

橋本多佳子
（北九州市立文学館提供）

〔**千曲川と犀川**〕犀川は千曲川の支流なのに長さ、流域面積ともに本流を上回る。水の流出量では２倍にもなる。

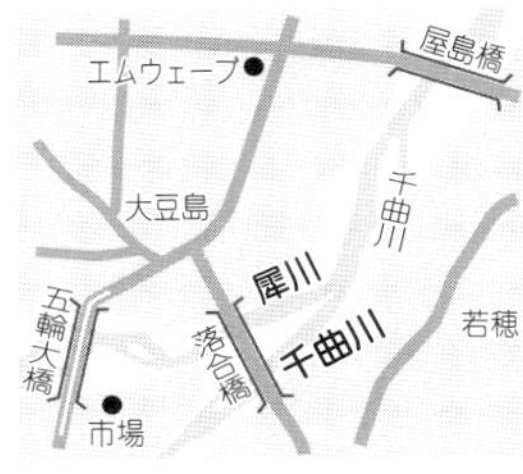

演劇の道、時代を開く気負いあふれ

マントきて我新らしき女かな

松井　須磨子

今では考えられないほど、女性の社会的立場は弱かった。女優に対する偏見も、根強くまかり通っていた。おおよそ１００年前、明治末から大正の初めである。世の旧弊、時代の逆風にめげず、新劇女優という日本では未開拓の道を切り開いていった松井須磨子だ。果敢、けなげな心意気が５・７・５の17音に、きっぱりと潔く、みなぎっている。

しなの鉄道坂城駅から旧北国街道の坂木宿を北へ向かった。正面に戦国の武将、村上義清が拠点とした城跡の残る葛尾山（８０５メートル）がそびえる。その登り口を東にそれると、曹洞宗の古刹・大英寺だ。

山裾から緩やかな傾斜地が続き、周りには小路を挟んで民家が連なっている。「たたずまいが似ているな」と思った。千曲川の下流、長野市松代町清野の集落とである。

その旧埴科郡清野村字越で、須磨子は生まれた。１８８６（明治19）年３月８日、本名・小林正子。松代藩士の父・藤太と母・ゑしの、４男５女の末っ子だった。東、南、西の三方を山懐に抱かれた清野の様子が、葛尾山を背後にし、五里ケ峰や鏡台山の連なる大英寺の周辺と通い合う…。

大英寺の句碑

寺の前の池から眺めつつ思った。そして、あの逸話も、やはり事実ではないだろうか…。そんな感慨が湧いてきた。娘時代の須磨子が、大英寺に身を寄せていたとされる話である。

１９０３（明治36）年11月、上京中の須磨子は、東京湾を船で渡り、千葉県木更津の割烹旅館に嫁いだ。１年ほどで理由もはっきりしないまま、離縁に追いやられる。自殺未遂に走るほど苦しんで帰郷し、傷心を癒やしたのが、裁縫教師だった姉の下宿先、大英寺というのである。

ところが、伝記や年譜を幾つか見ても、このあたりの記述は曖昧さを拭えない。1905（明治38）年から06年、須磨子19歳、20歳のころの実像がつかみにくい。

もどかしさを抱えたまま大英寺の門前に立てば、「マントきて我新らしき女かな」の句碑が鮮やかに目に飛び込んだ。さっそうとマントを羽織って現れたかと錯覚するほど、彼女の存在を際立たせる。

松代町清野の生家周辺

22歳になり、須磨子は東京で坂城出身の教師、前沢誠助と再婚する。彼の導きで演劇の世界に目覚め、舞台の魅力に取りつかれた。

早稲田の坪内逍遥が率いる文芸協会演劇研究所の第1期生に合格。演劇史や語学などを猛勉強し、誠助と離婚してまで打ち込んだ。そして若き演劇指導者、島村抱月演出『人形の家』の主人公ノラを演じることになる。

それは女性の自立を促す「新しい女」への実に大胆な変身だった。抱月と共に実現した舞台「芸術座」で大飛躍を遂げる序幕でもある。やがて日本の近代演劇に、大輪の花が咲き誇ったのだった。

松井須磨子
（上田市立博物館所蔵）

〔**芸術座**〕１９１３（大正２）年、須磨子との恋愛で文芸協会を追われた抱月が相馬御風らと結成した劇団。トルストイ原作『復活』が大当たりしたが、抱月・須磨子の相次ぐ死で解散した。

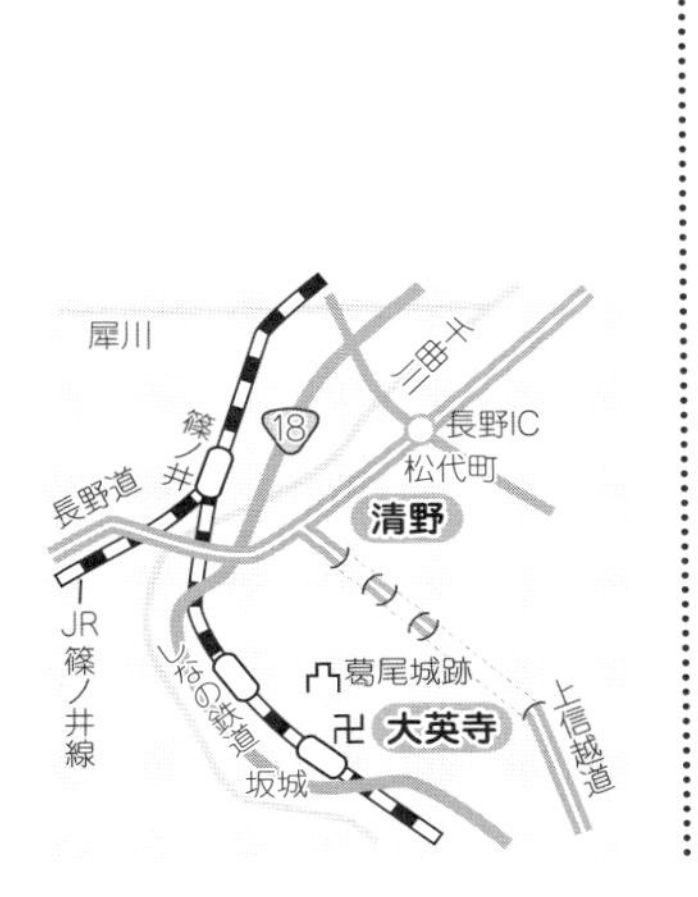

師弟、こまやかな交感ふくいくと

浅間かけて虹の立ちたる君知るや
虹立ちて忽ち君の在る如し
虹消えて忽ち君の無き如し

高浜　虚子

虹消えてすでに無けれどある如し
虹の上に立てば小諸も鎌倉も

森田　愛子

片や俳句界の大実力者、高浜虚子。片や薄命の若い女弟子、森田愛子。互いに「虹」を詠むことを通じ、情緒こまやかに師弟の情愛を深め合っている。

「浅間山に素晴らしい虹が懸かったのを、君は知っているかね？」

「虹が現れて、にわかに君がそばにいるかのようだった」

「虹が消え、急に君がいなくなってしまったかのようだ」

目の前の人に話し掛けるような虚子の句である。神奈川県の鎌倉から信州の小諸に疎開していた時のことだ。愛子は、はるか遠く福井県の北西部、東尋坊で名高い港町三国で、結核の療養をしながら暮らす。虚子が以前、三国に見舞った折、美しい虹を目にし「虹の橋を渡って鎌倉に行こう」とつぶやいた。一連の虹の句は、これが伏線を成している。だから愛子も俳句で虚子に応えた。

「虹は消えて既に無いけれども、ある。先生のそばに私はいるような気がします」

「虹の上に立つことができれば、小諸にも鎌倉にも思いのまま行くことができますね」

太平洋戦争のさなか、1944（昭和19）年9月

保存されている旧宅

虚子が過ごした8畳間

4日、虚子は空襲の危険が迫る鎌倉を避け、小諸町野岸甲、現在の小諸市与良町2丁目に引っ越した。五女晴子の嫁ぎ先の知り合いを頼ってのことだった。

2月に70歳の誕生日を迎えている。8畳と6畳間だけの木造家屋、不慣れな山国での生活、冬の厳しい寒さも体にこたえた。

それでも家主、小山栄一一家の懇切な支えにより、後に「小諸時代」と称される充実した創作活動を刻むことになる。47年10月25日、鎌倉に帰るまでの3年余り、選句、作句、小説の執筆…と忙しい日々だった。

その中で特記に値する一つが、愛子との抜きんでて強い精神的きずな、交情だ。俳句にとどまらず、「虹」「音楽は尚(な)お続きおり」などの小説の主題としても、熟成したときめきを艶っぽく描き続けた。

しなの鉄道小諸駅からゆっくり歩いて20分ほどのところに、当時の住まいだった虚子庵が保存されている。愛子は一度、虚子を訪ねたことがある。終戦の翌昭和21年6月だった。同居中の俳句の先輩、伊藤柏翠（はくすい）と母親田中よしが一緒だ。

小諸は坂が多い。駅まで出迎えた虚子の後に従い、愛子は坂道を上った。三国に帰ってからは虚子が見舞う。翌年の4月1日、愛子は29歳の短い生涯を閉じた。その3日前、虚子宛てに電報を打つ。

ニジ　キエテスデ　ニ　ナケレド　アルゴ　トシ

小諸疎開当時の虚子（Photo Koyama Komoro、小諸高濱虚子記念館提供）

〔**虚子庵**〕虚子が約千日を過ごした旧宅。そのままの姿で保存しつつ公開している。隣には2000年に完成した小諸高濱虚子記念館があり、作品や資料を伝える。

高濱虚子記念館
虚子庵
旧北国街道
相生町
与良町
141
小諸駅
しなの鉄道
懐古園

〝土の俳人〟、耕し育て情感ゆたかに

炬燵妻　好きに眠りて　好きに縫う

桜井　土音

真冬、外は雪が降り積もっている。田も畑も白一色に埋もれたままだ。春から秋、忙しく重労働に追い回される農家にとって、このつかの間は、のんびりできる。

ふと見れば、妻は炭火のぬくもりが気持ちよさそうに、こたつでうとうとしている。そうかと思えば、針仕事に余念がない。この一句の良さは、そんな妻をそっと穏やかに見守るまなざしの優しさ、温かさにある。

土音は1887（明治20）年10月14日、当時の上水内郡若槻村、現在の長野市若槻東条に生まれた。本名賢作、農家の長男である。

北に屛風さながらの三登山（923メートル）を背負い、南に長野市街地を見下ろす。かつての若槻村は、水田や桑畑の広がる全くの農村だった。小学校を4年で終えた土音は、

そのまま農業に従事する。明治期の少年の多くがそうだった。10歳そこそこで一家の貴重な働き手を担った。

やがて土音は、農業の傍ら俳句の道に踏み込む。家のすぐ東側を通る北国街道沿いに、俳人の高橋雁徳庵（がんとくあん）がおり、その手ほどきを受けたのだった。１９１２（大正元）年、20代半ばのことだ。

農村風景も少なくなった長野市若槻東条

同じころ、東京では子規門下の高浜虚子が俳誌「ホトトギス」に雑詠欄を復活し、若手の育成に乗り出していた。土音はそこに投句を始める。

股（また）も張りさけよと許（ばか）りうつ田かな

野良飯や脛（すね）に飛びつく青蛙

土や汗のにおい、鳥や虫の躍動感があふれ出た句は「ホトトギス」の中で異彩を放った。〝土の俳人〟として広く評価を高めていく。

戦中戦後、小諸に疎開していた虚子は、長野にも

若槻・蚊里田（かりた）八幡宮の土音句碑「大旱（たいかん）のいつしか空は秋となり」

足を運び、土音に一首を贈った。

土音健在村一番の稲架（はざ）作り

どんなにうれしく、また励まされたことだろうか。

大の酒好きでもあった土音は、64（昭和39）年、77歳で亡くなった。

そのひげもじゃの顔を想像しつつ、晴れ間がのぞいた日の午後、カメラ片手に東条へ向かった。市街地から北へ若槻大通りが延び、両側にスーパー、飲食店などが立ち並んで、往時の面影はすっかり失せた。小学校門前の細い道を北国街道の方向へ進む。

「いい写真、撮れたかね?」。出会った男性に声を掛けられた。大通りとは異なり、古い家々が軒を寄せ合っている。

「土音さんの家なら、ホラ、すぐそこに壁が見えている」。聞けばその人は、なんと土音の最初の師、雁徳庵の孫だという。これは奇遇というほかない。立ち話ながらも、どこのどなたが事情に通じているか、取材のポイントを教えてくださった。

家の構えがどっしりした集落を眺めていると、かつてその屋根の下で、こたつを囲む村人たちの、ゆったり流れた時間がしのばれてきた。
そんな暮らしを土音は、こうも詠んでいる。

寝るときめてあまりに熱し春炬燵

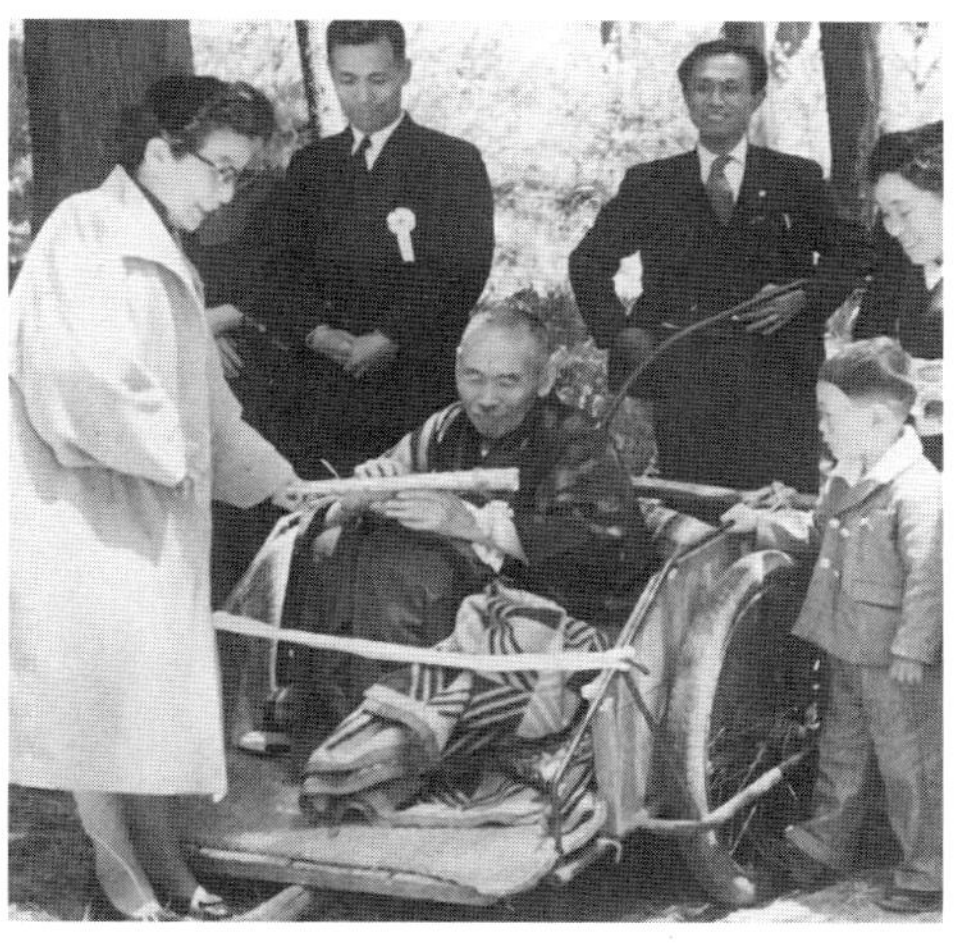
1957（昭和 32）年５月３日、蚊里田八幡宮境内の句碑除幕式。体が不自由になった土音（中央）はリヤカーで臨んだ。虚子の代わりに列席した次女の俳人星野立子（左）に言葉を掛けられ、満面に笑みを浮かべる（桜井年穂氏提供）

〔**ホトトギス**〕１８９７（明治30）年、正岡子規が友人と創刊した俳句雑誌。翌年から高浜虚子が継承し、多くの若手俳人を育てた。

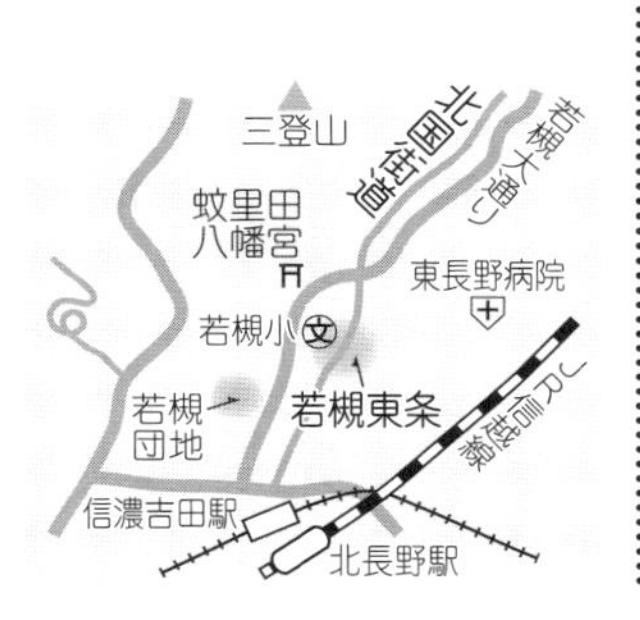

冬を耐えつつ、じっと春を待つ

しんしんと　柱が細る　深雪(みゆき)かな

栗生(くりう)　純夫(すみお)

雪の積もった臥竜公園を歩いた。須坂市街地の南、春は桜の名所として人気が高い。散策コースとなっている竜ケ池の桜並木は冬枯れした枝々を白く装い、半ば凍った水面に灰色の影を落とす。

取り巻く臥竜山（４７１メートル）の松林は緑の葉をたたえ、その上にあたかもシラサギが群れるかのごとく、まだらに雪を載せている。

真冬のたたずまいに浸っていると、足元から寒気がはい上がってくる。身震いして歩きかけた時、思い浮かんだのが〈しんしんと…〉の一句だ。まさに寒のさなか、何もかもが凍(い)てついて春はまだまだ遠い日々である。

〈しんしんと　柱が細る〉。ここでこの句はいったん切れる。ほんのわずか、少しの間を置き、次の下5句〈深雪かな〉に続くのだろう。

きりきり体の奥までさいなむ信州の厳しい寒さだ。柱までが細るかのように感じる。加えてすっぽりと、深い雪に閉ざされた北信濃の一帯である。

雪化粧した臥竜公園

家を支える柱、それらの家々を深く覆い尽くした一面の雪景色。二つの光景が目に浮かんでくる。柱は屋根の重みに、人は雪国の重荷に、じっと耐えて一冬を越さなくてはならない。

1904（明治37）年4月26日、栗生純夫は今の長野電鉄須坂駅にほど近い東横町に生まれた。

農業と繭糸商を営む神林助作の次男、本名を新治という。十代半ば、家業に従事する傍ら、俳句の道を志し、小諸市出身の俳人・臼田亜浪（あろう）と師弟の関係を結んだ。

46（昭和21）年1月、自ら主宰する俳誌『科野』を創刊する。61（昭和36）年1月17日、56歳で没するまで通巻179号を数え、信州俳壇の中心的な役割を担っていった。

同時に栗生は、生涯をかけて小林一茶の研究に打ち込んだ。俳句を始めたのも、一茶の作風に引かれたからだ。

栗生純夫の句碑

もう一つ、地域の文化活動にも力を注いでいる。門下から〝須坂十哲〟をはじめ多くの後輩を育てた。長らく信濃毎日新聞の俳句欄も担当した。土着の詩心を自らの生き方の基底に据え続けた人だ。

51（昭和26）年6月24日、臥竜山公会堂で全信州俳句大会が開かれた。全県から約800句の詠草が寄せられている。栗生の存在抜きには考えられない。

竜ケ池に架かる臥竜橋を渡った。突き当たった山際に栗生の句碑があるからだ。

田植うるは　土にすがれる　すがたせり

〝土の俳人〟栗生の栗生らしさが最も際立つ代表作である。重圧に押しつぶされそうになりながらも、しっかり土に足を踏ん張り、北信濃の風土を生き抜いたのだった。

栗生純夫
（神林著氏提供）

〔臼田亜浪〕大正・昭和期の俳人。小諸町役場に勤めた後、17歳で上京。ジャーナリスト、政治家志望から俳句に転身し、俳誌『石楠』を主宰、信州では高浜虚子の『ホトトギス』をもしのぐ勢いだった。

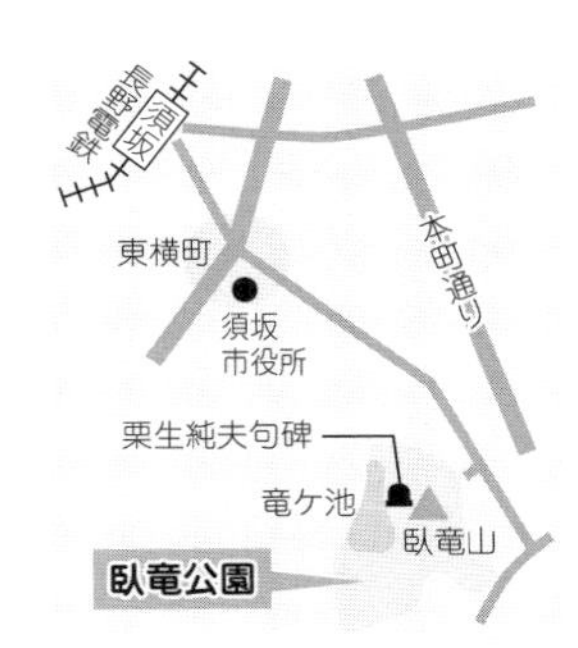

恋句、芭蕉は枯れていなかった

宮にめされしうき名はづかし　曽良

手枕（たまくら）にほそきかひなをさし入れて　芭蕉

〈身分の高い方のお相手に呼び出され、悪いうわさ話になったのが恥ずかしい〉

〈ほっそりした腕をその人の手枕（てまくら）として差し入れたのだね〉

現代の言葉に直すならば、こんな意味になるだろうか。そそとした悲愁の風情であり、そしてまた色っぽい。中でも「手枕にほそきかひなを」という具体的な描写が、繊細で品のよい女性のしぐさを想像させる。まかり間違えれば逆に、いやらしくなるところだ。そこをひたむきな心根への共鳴、同情に高めている。

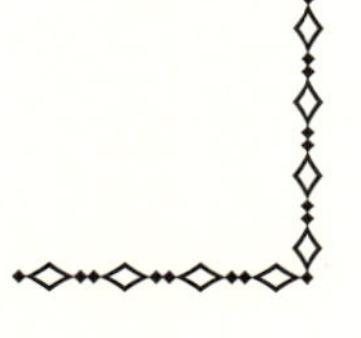

それにしても「俳聖」とまでたたえられる松尾芭蕉ではないか。それが、ここまできわどい句を詠んでいることに驚かざるを得ない。

芭蕉というと、旅の人である。その文学の神髄は、閑寂で枯れた趣の「さび」である。細やかな余情を醸す「しをり」である。さらには対象に深く感じ入る「ほそみ」である。枯淡、高雅な詩情の一方で、人間くさい対照的な世界を、巧みに操ってみせたのが恋句だ。詩人としての懐の深さが、ここには、くっきりと浮かび上がっている。驚きは、そのまま敬服へと変わった。

長野市城山・彦神別神社境内の芭蕉月影碑

しかも、この恋句ができた時と場所が興味深い。日本を代表する紀行文学『おくのほそ道』の旅をする途中でだった。とはいっても『おくのほそ道』の本文に恋句は出てこない。

1689（元禄２）年の旧暦３月27日、江戸を出立。４月22日、福島県の須賀川に着く。土地の有力者で俳人の歓待に応えつつ、一句詠んだ折のことだ。

風流の初やおくの田植うた

〈奥州に入って耳にした素朴な田植え歌が、今回の旅の最初の風流だったよ〉

この句を発句として連句3巻を作った、とだけ記している。

翌日開かれた連句の会。芭蕉の句「風流の…」を皮切りに詠み進んでいき、24句目に同行の河合曽良が「宮にめされしうき名はづかし」と発した。これに対し、芭蕉が「手枕にほそきかひなをさし入れて」と応じたのだった。

ところで曽良は、信州、上諏訪に生まれた。芭蕉より5歳年下の門人だ。江戸深川の芭蕉庵近くに住み、師の日常生活を支えた。

この前年、芭蕉は中秋の名月を姨捨で眺めようと『更科紀行』の旅をしている。これが

参拝客の絶えない善光寺

約5カ月間、2400キロに及ぶ『おくのほそ道』へつながる。信州の人と風土が旅心を培ったのだ。

月影や四門四宗も只一ツ

善光寺で詠んだ『更科紀行』の一句。刻んだ句碑が善光寺大本願や城山の彦神別神社、往生寺にある。訪ね歩き、恋句の名手ともされる芭蕉の多彩な足跡に頭が下がった。

〔**連句**〕ふつう2人以上で長句（5・7・5）と短句（7・7）を繰り返していく。全体で36句（歌仙）、50句、100句などにまとめる文芸。冒頭の発句が独立して俳句となった。

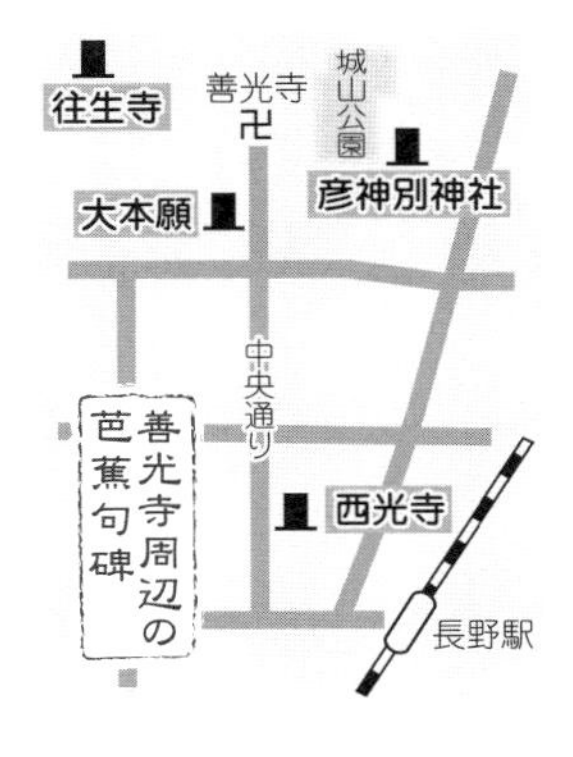

いとし子を相次いで失い

這(は)へ笑へ　二ツになるぞ　けさからは

露の世は　露の世ながら　さりながら

小林　一茶

幸せいっぱい、満面の笑顔から、一転して不幸に見舞われ、悲しみのどん底へ突き落とされる…。二つの句を読み比べると、あまりにも落差が大きい。

ここには、漏れ出る泣き声を、こぼれ落ちる涙を、いくら抑えようとしても抑え切れない小林一茶がいる。その慟哭(どうこく)が聞こえてくるようだ。

いずれも一茶の代表的句文集『おらが春』に登場する。最初の俳句には、前年の5月に生まれた娘に「一人前の雑煮膳(ぞうにぜん)を居(す)へて」との前書きがついている。

さあ、ハイハイをしてみろ、笑ってごらん。いよいよ二つになるんだよ、新しい年を迎えた今朝からはネ。こんな意味を込めたのだった。

生まれて間もない赤ちゃんに、大人と同じ正月料理を用意して祝う。それほどまで娘の誕生、そして成長がうれしくてならない。

その子が疱瘡(ほうそう)、つまり天然痘にかかって死んでしまった。次の句はこうだ。

〈草の葉に宿った露が朝日を浴びて消えるように、この世の人の命ははかない。そう承知してはいても、それでもなお子どもに死なれたのではあきらめきれないものですよ。〉

1歳2カ月。思いもかけなかった長女の、あまりに幼い死である。〝さとくなる〟ようにとの望みを託して「さと」と名付けた。願い通りにすくすく育ち、かわいい盛りだった。一茶の気落ちひとしおであったのも無理はない。

1812(文化9)年11月24日、一茶は江戸生活

一茶俤堂がたたずむ小丸山公園

を切り上げ、郷里の北国街道柏原宿、今の上水内郡信濃町柏原に安住の宿願を遂げた。継母との折り合いが悪く、15歳で旅立ってから36年ぶり。既に50歳になっていた。

52歳の翌々年4月11日、野尻村赤川の娘きく、28歳と結婚する。

継母・弟と争ってきた財産分割問題も決着しており、最も落ち着いた暮らしを手にした

晩年を送った旧宅

時期である。

ところが切ないことに、きくとの間に生まれた子ども4人に次々先立たれる。

さとの前には長男千太郎が、わずか28日で世を去った。石、あるいは金のように強くなるよう願った次男石太郎は96日、三男金太郎は1年9カ月だった。そのうえ、きくまで病没してしまう。その後再婚したものの、すぐ離縁。3番目の妻「やを」が次女やたを産んだのは、一茶自身が65歳の生涯を終えた後である。

いま〝一茶の里〟信濃町を歩けば、なじみの深い俳句を刻んだ碑とあちこちで出合う。

国道18号沿いには、晩年を過ごした旧宅がある。小高い小丸山公園に上り、旅姿の一茶像が立つ俤(おもかげ)堂や近代的な一茶記念館で、その人柄と業績をしのぶのもいい。

一茶は悲しみを悲しみに留めなかった。私たちの隣にいるかのように親しみやすく、自らの人生体験を伝えてくれる。案外に新しい感性の詩人であったのだ。

一茶の肖像画（一茶記念館所蔵）

〔**一茶俤堂**〕１９１０（明治43）年、一茶を慕う人たちが建てた間口、奥行き5メートル前後の小さなかやぶき屋根のお堂。天井には訪れた俳人らの作品を掲げてある。

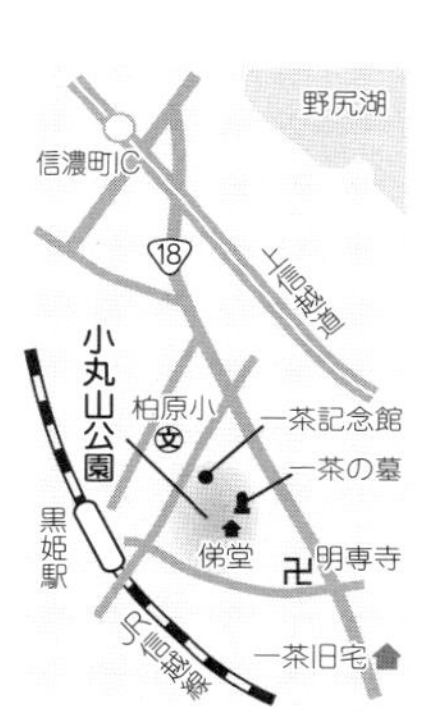

命へのまなざし、ことさらに物語のごとく

なかんづく　鮎(あゆ)の尾(お)あかし　千曲川

加舎(かや)　白雄(しらお)

アユの尾が赤くなるほど、流れがきつい千曲川であることよ―。こんなふうに解釈すればいいのだろうか。それにしても、と考え込む。普通、アユの尾は赤くならない。川魚ではウグイが産卵期、腹部を縦じまに彩る。

そうではないアユなのに「なかんづく」とまで言い切り、アユの尾が赤いとは、どういうことだろう。結婚せずに独身を通し、生涯かけて俳諧に打ち込んだ白雄だ。間違っても雑な言葉遣いをするはずがない。

この句には「人労して髪白く、魚労して尾赤し」が添えられている。人間は苦労して髪が白くなり、魚は苦労して尾が赤くなるというのである。

アユは秋に川の下流で産卵し、稚魚はすぐ海に下る。そして翌春、川をさかのぼり、夏を中流域の清流で成長しながら過ごす。わずか1年の短い命だ。そのアユが千曲の川底で、急流に身をもまれている。人の世も苦労は多いけれど、アユもまた苦労が多い…。

戸倉上山田付近の千曲川

なかんづく—の一句からは、命あるものが懸命に生きていくことへの、優しいまなざしが感じ取れる。現実のアユというよりも、アユの一生に想像力をたくましくした産物だ。

上田市と埴科郡坂城町の境で、にわかに千曲川は狭くなる。東西から絶壁が突き出ており、岩鼻と呼ばれる。ここを抜ければ、また両側が開け、川幅も広くなって戸倉上山田温泉方面へ続く。一帯は昔からアユの釣り場として知られてきた。

白雄は１７３８（元文３）年8月20日、上田藩士

万葉公園の「なかんづく」の句碑

の次男として江戸深川の藩邸で生まれた。5歳で生母、13歳で継母が亡くなる不遇な幼少期を体験する。

俳諧で身を立てつつあった32歳の折、ふるさと上田に入る。同志の力を結集し、姨捨の長楽寺境内に、尊敬する松尾芭蕉の句碑「おもかげ塚」を建立した。

それは54年の生涯を閉じるまで、芭蕉の精神に立ち返ることを旗印に果敢な活動を貫く一里塚だった。平明にして奥深く、繊細にして明快な作風は今なお魅了してやまない。

千曲市上山田の万葉公園には「なかんづく」の句碑がある。戸倉の坂井銘醸、白雄記念館には蔵の2階から見つかった手紙など多数の資料が展示されている。上田市の上田城跡公園にも、代表作「ひと恋し火とぼしころを桜ちる」の碑が立つ。

ゆかりの場を巡り思いを強くしたことがある。芭蕉―与謝蕪村―小林一茶。文学史上一続きで捉えられる江戸期の俳諧だ。その中で蕪村と同じ時期に同じように文芸復興に貢献した白雄の位置づけが低過ぎはしないか、という点だ。川べりに下り、さりげなく奏で続ける千曲の瀬音に向かって、そっと問いかけてみた。

加舎白雄の肖像画（千曲市教育委員会所蔵）

〔芭蕉に帰れ〕 芭蕉の没後半世紀、卑俗化した俳諧を、蕉風の基本に戻って文学性豊かによみがえらせようとした運動。京都の蕪村、尾張の加藤暁台（きょうたい）、江戸の大島蓼太（りょうた）や白雄らが主な推進役を果たした。

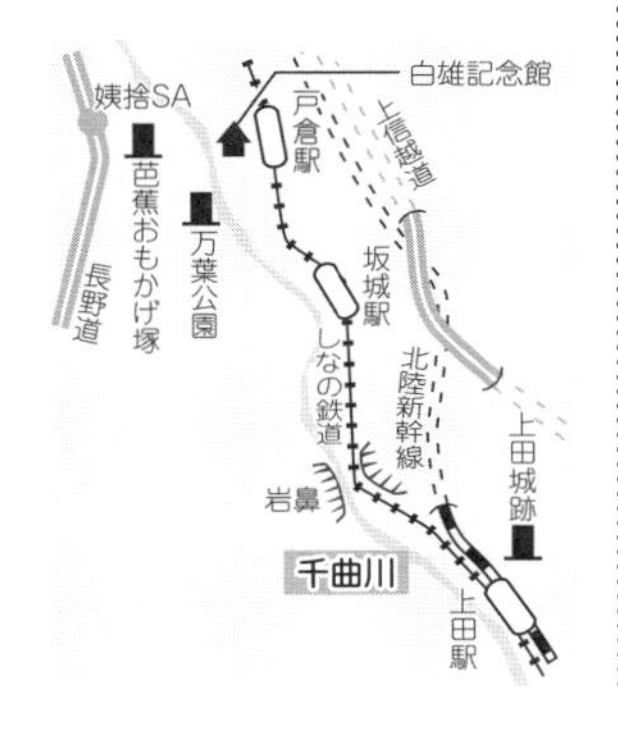

病む身なればこそ新鮮に

生きて仰ぐ　空の高さよ　赤蜻蛉(とんぼ)

夏目　漱石

見上げる空は、どこまでも青く澄み、限りなく高い。アカトンボが群れて舞っている。いかにも秋らしい。爽やかそのものだ。「天高く馬肥ゆる秋」という言い習わしをも、思い起こさせる。

冒頭の3文字「生きて」が、重い意味を秘めている。もしかしたら死んでしまって、もう二度と空を仰げなかったかもしれない。アカトンボを目にできなかったかもしれない。幸い、それができた。死の際から立ち戻った。まさしく「生きて」である。生きていることを実感し、その感動が込められている。

２０１１年10月、この一句を刻んだ句碑が、長野市の善光寺東参道沿いに据えられた。１９１１（明治44）年、漱石が善光寺を訪れて１００年の節目を記念する建立だ。碑面の文字は、長野市篠ノ井の書家川村龍洲さんが書いた。伸びやかに、温かみを帯びた筆遣いが、「生きて」の情感を盛り立てる。

11年6月17日、漱石は信濃教育会の招きに応じ、鏡子夫人と信越線の列車で長野を訪れた。その夜は犀北館に泊まり翌18日、善光寺をお参りした後、県会議事堂で「教育と文芸」と題する講演をしている。

善光寺の東側に立つ句碑

『吾輩は猫である』の評判とともに小説家デビューした漱石である。英国留学までした英文学者の道を捨て、朝日新聞社に入って『三四郎』『それから』『門』の三部作を世に問うている大作家だ。信濃教育会は軽井沢駅で出迎え、長野駅では会長ら幹部がうちそろって歓迎した。講演会場は1300人余りの聴衆で埋まっている。

漱石自身、その後の『行人（こうじん）』『こころ』『道草』と

「生きて仰ぐ」の碑面

書き続く転機のさなかだった。前年には、いわゆる「修善寺の大患」で生死の境をさまよい、人生観、文学観を大きく変えたとされる。

そんな状況を本人の日記から抜粋すると。

《明治43年8月6日》十一時の汽車で修善寺に向ふ。

《8月8日》一体に胸苦しくて堪えがたし。

《8月12日》夢の如く生死の中程に日を送る。

《8月16日》苦痛一字を書く能はず。

8月24日には大量に血を吐き、人事不省に陥る。長らく患っていた胃病が悪化し、東京都内の胃腸病院に2カ月ほど入院した後、転地療養のつもりで訪れた伊豆修善寺の宿だった。それが裏目に出た。

東京から駆け付けていた医師たちが、カンフル注射を立て続けに打つ。危ういところで一命を取り留める。快方に向かうにつれ俳句をしきりに作った。

《9月21日》昨夜始めて普通の人の如く眠りたる感あり。

生き返るわれ嬉しさよ菊の秋

そして9月24日に登場するのが〈生きて仰ぐ空の高さよ赤蜻蛉〉だ。信州を訪れる9カ月前に当たる。

夏目漱石（大正元年撮影・松山市立子規記念博物館所蔵）

〔漱石と俳句〕20代で知り合った正岡子規との交友の中で俳句を詠むようになる。子規は漱石の実力を高く評価。生涯を通じ約２６００句に上る。主要な作品は岩波文庫『漱石俳句集』（坪内稔典編）に。

知恵と汗の結晶が美田潤す

田に水をはり蓼科のうつる田になる
水をはると水田はうつくしほととぎす
右に左に田へ行く水の音たてゝ行く

荻原井泉水（せいせんすい）

広々としているせいか、佐久平では道を間違えやすい。「五郎兵衛新田」の名で知られる米どころへも、何度か踏み迷った。かつての北佐久郡浅科村、今は佐久市の西北に位置する。

国道142号沿いの道の駅「ほっとぱーく浅科」に立ち寄ると、信州佐久コシヒカリ「五郎兵衛米」がお土産用に並んでいた。周りは一面、緑も鮮やかな水田が広がる。南に蓼科山（２５３０メートル）や双子山（２２２４メートル）の北八ケ岳を背負い、北に浅間山（２５６８メートル）を見据える盆地だ。

ここ上原（かみはら）、中原、下原と続く一帯が、五郎兵衛新田だった。その中を一筋の用水が貫き、区画の整った田一枚一枚に水を潤している。五郎兵衛用水である。ザワザワと水音も軽やかな流れを眺めていると、自由律俳句の第一人者、荻原井泉水の一句一句が、まざまざ鮮烈によみがえってくる。

水源地を祭る碑

春、田植えに備えて水を張れば、冬の間眠っていた田が目覚め、水面に蓼科山を映し出す。そして刻一刻、美しく装いを新たにするにつれ、夏の渡り鳥ホトトギスが勢いも鋭く、鳴き交わすようになる。さらに夏の盛り、たくましく稲が成長を続ける田に向かって、用水の水が小躍りするかのように流れていく。

１９５４（昭和29）年に訪れて詠んだ井泉水の句

青田の中を貫く「つきせぎ」

には、実りの秋へ躍動する命の営みが、水に託された感動的な言葉に集約されている。

かつては「矢島原」と呼ばれた不毛の地だった。ここに目を付けたのが、上州（群馬県）羽沢生まれの市川五郎兵衛真親（さねちか）だ。徳川家康の天下が確立し、戦乱の世が治まったころである。１６２６（寛永３）年、小諸藩から開発の許可を得た。

草原にすぎない荒れ地に水を引き入れ、田んぼにしようとする大事業である。ところが、東を流れる千曲川は、水量が豊かであっても、低すぎて水源としては使えない。西側と北側を流れる布施川も、事情は同じだ。

そうであれば…。五郎兵衛は山中に水源を求め、歩き回る。標高約１９００メートル、蓼科山の頂上を間近にし、ようやく岩の裂け目から湧き出る水を見つけた。これを導水路で岩下川に落とし、湯沢川との合流点で取り入れる。

そこから延々約20キロ、山腹を削り、トンネルを掘り、川の上を掛け樋（どい）で通す。知恵と工夫、汗と涙で完成させたのが五郎兵衛用水だ。低地には盛り土をし、そこに水路を設けた。このいわゆる「つきせぎ」は1キロに及ぶ。はるばるたどり着いた水が、手入れの行き届いたつきせぎを、あたかも命あるかのように生き生きと流れていた。

昭和の初め、山ノ内町湯田中温泉の旅館湯田中湯本に滞在中の井泉水（湯本五郎治氏所蔵）

〔**荻原井泉水**〕大正・昭和の俳人。松尾芭蕉に傾倒しながらも、5・7・5の定型にとらわれない自由律俳句を提唱。句誌「層雲」を主宰し、門下に尾崎放哉、種田山頭火らがいた。父親は北安曇郡池田町の出身。

歩いて通わす命との共鳴

あるけばかっこういそげばかっこう
すぐそこでしたしや信濃路のかっこう

種田(たねだ) 山頭火(さんとうか)

夏の渡り鳥カッコウは、新緑のしたたる野山をさまよいながら「カッコウ　カッコウ」と鳴き交わす。

漂泊の俳人、種田山頭火が信州を佐久平から善光寺平へと旅したのは、ちょうどそんな5月の中・下旬だった。１９３６（昭和11）年のことである。遠く近く、カッコウの鳴き声に出迎えられるようにして、信州入りしている。

山頭火、54歳。自由律俳句のリーダー荻原井泉水(せいせんすい)が率いる句誌『層雲』で、筆頭格の重きをなす存在だ。心酔する一門の同人が、広く各地にいた。

誌上で知り合うなどした俳友を旅先で一人また一人と訪ね、ひょう然と現れる。まず、佐久・岩村田の関口江畔（こうはん）宅だ。東京から国鉄中央線で甲府へ。佐久甲州街道を歩いて清里で一泊した。

５月９日、野辺山高原をタクシーに拾われたり、歩いたりして横断。さらに小海線を使ってたどり着く。途中、八ケ岳山麓辺りで詠んだ句が〈あるけばかっこういそげばかっこう〉とされる。

待ちかねていた江畔は、子息の父草（ふそう）ともども懇ろにもてなした。父子いずれも井泉水に師事する俳人である。

万座温泉の日進館周辺

５月21日、中軽井沢から浅間山の中腹、峰ノ茶屋を越して草津温泉へ。４泊し、残雪に足を取られながら万座温泉の日進館に。翌26日７時、霧雨の中を善光寺平へ向かった。

万座峠を経て山田温泉、須坂へ下る。村山橋を渡り、当時の大豆島村は西風間の風間北光（ほっこう）宅に落ち着いた。約40キロを1日で歩き通したことになる。

北光、23歳、やはり『層雲』の若き後輩だ。半世紀近く後の84（昭和59）年、雑誌『信濃路』に「山頭火と、五日間……」と題する一文を寄せている。

善光寺の山頭火句碑

その日の夕暮れ、村の悪童たちがわいわい連れ立って、網代傘に地下足袋、ずだ袋を下げた法衣姿の旅僧を、珍しげに案内してきた。一目で山頭火と分かる。

翌早朝、カッコウの声とともに起きた。井戸端に出て、金づちで鉢の子、つまり托鉢用の鉄鉢をたたく。万座峠で転倒した際、ゆがめてデコボコになったところを直しているのだ。

すると頭の上でカッコウが鳴く。山頭火は空を見上げ、その姿を無心に眺めるのだった。

〈すぐそこで信濃のくにのかっこう〉

北光の一文には、こう書き記されている。

「徒歩禅」と称した通り山頭火にとって、歩くことこそ修行だった。ひたすら歩き続けることが生きることにつながった。それは同時に、自らの死に場所を求めることでもあった。

そうであればなおさらカッコウとの雑念抜きの交感が心和むつかの間だったに違いない。

種田山頭火
（松山市立子規記念博物館所蔵）

〔**自由律俳句**〕５・７・５の３句17音の定型にこだわらず、自由な型で詠む俳句。緊張した言葉と強いリズム感で短詩としての特色を生かそうとした。大正期に盛んになり、『層雲』はその代表的な結社。

18
上信越自動車道
千曲川
長野市
善光寺
村山橋
高山村
山田温泉
白根山
草津温泉
須坂市
犀川
西風間
万座峠
万座温泉

実験成功の喜びが頂点に

癌出来つ　意気昂然と　二歩三歩

山極　勝三郎

ウサギの耳に、黒く粘っこいコールタールを塗り付ける。乾いて硬くなったのを剥ぎ取り、剥ぎ取った跡をつぶさに観察し、また塗り込む。その繰り返しの果て、がんがウサギの耳に発生しているのを、ついに確認した。１９１５（大正４）年5月、「癌出来つ」の瞬間である。

成功の喜び、感激がこみ上げてくる。じっとしておれない。胸を張って「意気昂然と」実験室内を歩く。

ここまでが長い道のりだった。東大医学部病理学教室の教授・山極勝三郎博士は、１９０５（明治38）年「胃癌発生論」を出版する。がんの治療のために発生原因を突き止める一歩を刻んだ。

ところが、既に博士の体は肺結核に侵されていた。一時は絶対安静の闘病生活を強いられながら13（大正２）年、いよいよがんの予備実験に着手した。がんが刺激によって発生することを証明しようというのである。

まず、実験用の動物として何が最適か、どんな刺激が効果的か…などを見極める必要がある。ウサギの耳に引っかき傷をつけ、エーテルやコールタールを擦り込んだり、薬品を注射したりする。病身の山極博士では耐えられない。

上田城跡公園に残る山極博士の胸像と碑

幸い、有能な助っ人、25歳の青年が現れた。東北大で家畜の寄生虫を研究し、博士の門をたたいた市川厚一助手だ。

誰もがやりたがらない役割を市川助手は快く引き受けた。そしてコー

山極博士の生家跡（上田市中央西）

ルタールを使ったウサギの耳に異常が生じることを突き止める。見込んだ通りの展開だ。

14年4月、山極博士は本実験へと踏み出した。予備実験では15匹だったウサギを60匹に増やす。塗りつけるのはコールタール一本に絞った。

耳の切り傷にコールタールを塗り、乾いたところを剥がしてまた塗る。ウサギは痛がる。次第に衰弱し、湿気にも弱いので梅雨の間に21匹が死んだ。

市川助手もコールタールにかぶれ、顔が膨れ上がった。

だが、ひるみはしない。ひたすら続けた。必ずがんは発生するとの博士の予測を信じるからこそだ。根気強い努力は人を裏切らない。

衰弱した一匹の黒ウサギの耳に異常を見つける。切り取った一片を顕微鏡でのぞき、市川助手は震えた。何度見直しても、そこには確かにがん細胞が映っている。

山極博士も顕微鏡に目を凝らす。一句が口をついて出た。今この句は、博士の出身地である上田市の上田城跡公園、市立博物館別館（旧山本鼎記念館）近くに立つ碑に、千曲川にちなんだ「曲川（きょくせん）」の俳号とともに刻まれている。

まさしく世界で初めて人工がんの発生に成功した記念碑だ。晩秋の木漏れ日の中、静かにたたずむ博士の胸像は、ゆったりと満足げだった。

山極勝三郎
（東京大学医学部病理学教室提供）

〔**幻のノーベル賞**〕１９６６（昭和41）年10月、元ノーベル賞選考委員、スウェーデンのフォルケ・ヘンシェン医学博士が来日。山極博士にノーベル賞を授与しなかったのは今でも残念に思う、と語った。

同志妻へ、「死ぬなよ」とひたすらに

死にゆく妻の足うらのよごれ拭いてやる

一家のくらしふんばってきたこの足うらか黒き

死ぬなよ妻よもういも負わせぬ世にするに

栗林　一石路

照り付ける日差しを浴び、配給のサツマ芋を背負って帰る。それが腐っていたので取り換えに行き、戻って来た時のことだった。一連の俳句が詠まれた事情を説明する前書きには泣かされる。

配給の芋をとりにゆき、脳溢血(いっけつ)をおこす。しかもなお芋を背負い、炎天3町余（約330メートル）を家の裏木戸にたどりついて倒れ、そのまま十数時間後に死す。8月18日、

このころ主婦の脳溢血に倒れるもの頻々。いずれも戦争の犠牲である。

行間に憤りがにじみ出ている。戦火による死の恐怖こそなくなったものの、今度は食糧不足が深刻になり、飢えが人々を苦しめた。一石路の妻たけじも、その犠牲になってしまう。１９４９（昭和24）年の夏だった。

米の売買を政府の統制下に置く配給が、戦時中と同じく続いていたころだ。その米も十分に行き渡らず、芋類などが代用に使われている。一日三食、家族の食事に責任を負う主婦の苦労は、並大抵でない。何とかして食べ物を確保しようと、昼夜の別なく駈(か)けずり回らなくてはならなかった。

殿戸峠に通じる山の道

その年、たけじは52歳。サツマ芋の入った重いリュックサックを背負ったのが、急死のきっかけではあった。同時に、それまでの積もり積もった無理が、全身を疲労させてもいただろう。

既に意識のない妻の汚れた足を、一石路は一生懸命に拭いてやる。拭いても拭いても、足の裏はきれいにならず、そこには痛々しくうおのめができている。

一石路は1894（明治27）年10月14日、小県郡青木村細谷の農家に生まれた。本名農夫（たみお）。幼くして父親が死去し、母親が子連れで隣家へ再婚したので栗林姓となる。

やがて農業青年へと成長した農夫の前に、若い女教師が現れた。青木小学校に着任した斎藤たけじだ。生家のある西塩田村（上田市）十人（じゅうにん）から2時間半もかけ、たけじは歩いて通う。

一石路の育った栗林家

一番の近道、殿戸（とのど）峠を越えて行き来する姿を農夫は、畑を耕しながら眺めた。大正デモクラシーの自由と理想を追う潮流が、農村にも及んでいた。

たけじの健脚がどれほどであったか—。3年後の1921（大正10）年、二人は結婚する。片鱗なりとも知りたくて殿戸峠へ向かった。集落を過ぎると、軽トラックがやっと通れるほどの細い急坂が続く。木立の中の道は昼間でも暗い。

こんな寂しい所をうら若い女性が毎日一人で…と、驚くほかなかった。意思の強さがしのばれる。上京してからは自由律俳句、プロレタリア俳句に打ち込む一石路を支え続けた。検挙、投獄された俳句弾圧事件も二人で乗り越えた。同志的愛。そう表現するのがぴったりかもしれない。まさに「死ぬなよ妻よ」の絶唱である。

戦時中の一石路（左）とたけじ
（青木村郷土美術館提供）

〔**俳句弾圧事件**〕1940（昭和15）年から43年にかけ、新興俳句、プロレタリア俳句を推し進める俳人たちが、治安維持法違反容疑で逮捕、起訴された。第一次、第二次にわたっている。

愛妻のおおらかな人柄に救われ

深雪道来し方行方相似たり
空は太初の青さ妻より林檎うく

中村　草田男

冬の軽井沢は空気が引き締まっている。大地も樹木も凍てつき、凛とした厳しさだ。そんな風情をまざまざとさせる詩趣に富んだ前書きが、冒頭に掲げた一句にある。

「一月三日、義父没後の雑事を果たさんために、出先の地より更に深雪の中を軽井沢町へおもむく。途上にありて、今日は我等の結婚記念日なることを思ひ、今更に十年は経過せりとの感深し」

軽井沢の千ケ滝に妻の父親、福田弘一の山荘があり、新婚のころから夏を過ごした。終戦の翌年１９４６（昭和21）年１月、その義父が急逝する。月が替わり、軽井沢を訪れた

雪の積もった千ケ滝の道

のだった。当日2月3日が、たまたま自分たちの結婚記念日であることを思い、感慨がわいて来る。一面真っ白に雪が覆っている。林間の道をたどれば、前も後も判然としない。ここまで歩んできた我が人生の過去、これから進む未来。どこがどう違うのだろう。似たようなものではないのか…。

伝統的な花鳥諷詠を脱し、人それぞれの生き様に踏み込む俳句作法は異色で人間探求派と称された。代表作の一つ「降る雪や明治は遠くなりにけり」の作者という方が、通りはいいかもしれない。

哲学的で難解な句が多い半面、情感をよりストレートに表現した「愛妻俳句」と呼ばれる一群の作品がある。例えば2番目の「空は太初の青さ…」がそうだ。「居所を失ふところとなり、勤先きの学校の寮の一室に家族と共に生活す」との前書きがついている。やはり46年のことだ。戦時下、戦争遂行の高圧的な世の風潮に圧迫されただけに、解放感ひとしおだった。

狭い部屋ながらも窓の外は、永遠に変わらぬ空の青

旧軽井沢の聖パウロカトリック教会にある草田男句碑「八月も落葉松淡し小會堂（チャペル）」

さが広がる。それを眺めながら妻の手から赤いリンゴを受け取った。瞬間、禁断の木の実を食べた神話、アダムとイブのごとき悦楽に浸る。

父親が外交官の草田男は、1901（明治34）年7月24日、中国福建省厦門（アモイ）の日本領事館で生まれる。少年時代を両親の郷里、四国松山で過ごした。東京帝大文学部に進んだものの、神経衰弱に苦しみ、8年かけて卒業する。

教師になり、見合い10回余り。ついに「助けてもらえる」とひらめいた女性と出会う。翌年結婚する直子夫人だ。明るくてたくましい。草田男は満34歳にして頼りがいのある存在を身近に得た。

八ツ手咲け若き妻ある愉しさに

半年後、妻が2晩留守になった。

妻二夕夜あらず二夕夜の天の川

そして、４年後。

妻抱かな春昼の砂利踏みて帰る

これら情感のこもる句を思い浮かべていると、肌に突き刺さる軽井沢の寒気にも、どこかほのぼのしたぬくとさを感じるのだった。

1960年代半ば、軽井沢町千ケ滝の別荘の庭で、孫たちと一緒の中村草田男（左）と直子夫人（中村弓子氏提供）

〔**人間探求派**〕石田波郷や加藤楸邨、中村草田男ら俳句で人間探求をしたグループの呼称。日常生活の意識を表現するのに力を入れた。

1956年5月、長野市を訪れ、犀川と千曲川に架かる落合橋周辺を取材する橋本多佳子（左）。両手の黒い手袋がトレードマークだった。右端は俳人の山口誓子（182～185ページ参照。北九州市立文学館提供）

第6章　民謡・新民謡

狩りの成功を喜び合いつつ

秋山熊曳(ひ)き唄

アー苗場山頂で　熊獲ったぞ
（ヨーイトナー　ヨーイトナー）
アー引けや押せやの　大力で
（ヨーイトナー　ヨーイトナー）
アーこの坂登れば　ただ下る
（ヨーイトナー　ヨーイトナー）
アー爺様(じさま)も婆様(ばさま)も　出て見やれ
（ヨーイトナー　ヨーイトナー）
（以下略）

冬の間、苗場山の山頂は、すっぽりと深い雪に埋もれている。標高2145メートル。

豪雪地帯で知られる下水内郡栄村の秘境、秋山郷の東外れに位置し、新潟県湯沢町と境を接する。

暑い盛りの８月下旬、秋山郷の小赤沢から登った。急坂で足がもつれたり、岩場を鎖に頼ったりしながら、汗まみれでたどり着いた頂上には、広々とはるか遠くまで高層湿原が広がっている。

湿原を彩る高山植物の間には、大小無数の池が点在する。その上に延々と続く木道…。１月ごろともなると、それらすべてが春まで雪の下だ。雪の原に変わった山頂は、緩やかに起伏し、まぶしく輝いていることだろう。

木道の続く苗場山頂

そんな苗場山で猟師たちが熊を仕留め、雪の上を里まで運ぶ際、景気よく喜びの声を張り上げたのが「秋山熊曳き唄」だ。雪中に分け入って難儀の連続、命懸けの狩りに成功した、いわば凱旋(がいせん)の

湿原を小池が彩る

歌である。

〈苗場山頂で熊獲ったぞ！〉

山に生きる男衆の誇りが、ほとばしり出ているではないか。

〈爺様も婆様も出て見やれ〉

貴重な山の幸をみんなで分け合おうとする地域社会の伝統、心意気が、ほの見えてくるではないか。

１９６４（昭和39）年に栄村が発行した『栄村史堺編』に「熊とり」と題した項がある。そこには〈山田清蔵翁の話によると〉の書き出しで、熊狩りの様子が詳しく紹介されている。

まず、熊が冬眠していそうな山の岩穴などにあらかじめ、必要な道具や食料などを運び入れておく。ここに寝泊まりしながら熊の居場所を探して歩く。

冬眠している穴が見つかれば、木を切って穴の周りを囲う。そのうえで熊をおびき出し、囲った木に前足をかけて立ち上がったところを槍（やり）で突いたり、銃で撃ったりした。

江戸時代後期、越後・塩沢の商人で随筆家の鈴木牧之（ぼくし）も、雪国の暮らしぶりを描いた『北越雪譜』の中で、上信越地方の熊狩りに触れている。

牧之が注目した一つは、胃腸薬の原料として高価で取り引きされる胆嚢（のう）、つまり熊の胆（い）だった。〈雪中の熊胆はことさらに価（あたい）貴（たっと）し〉。これを求めて秋田などから猟師が、猛犬を連れてやってくるのだ、と。

秋山郷の熊狩りもこの流れをくんでいるとされる。そう考えれば秘境とはいっても、決して閉ざされた社会とは違う。熊曳き唄の持つおおらかさ、明るさの根源かもしれない。

〈**秋田マタギ**〉熊やカモシカなど大型獣の狩猟を生業とした人たちのことをマタギと称する。東北地方、なかでも秋田に多かった。旅先の秋山郷などに住みつき、技を伝えている。

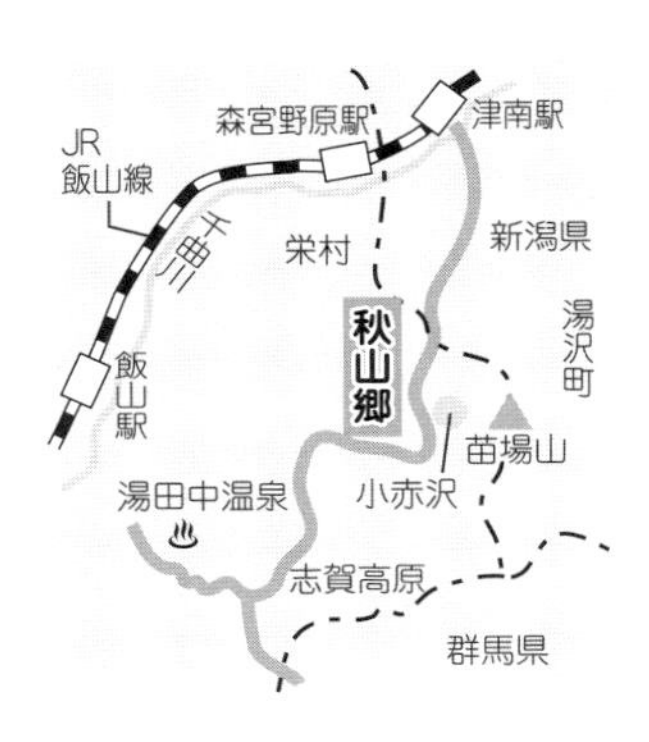

自立の気概を三味線で盛り立てて

門付け唄

《庄内節》

遠く離れて逢いたいときは　月は鏡になればよい
月はまんまるさゆれておれど　主に逢わなきゃ　しんの闇
切れたからとてたよりをしゃんせ　いやで別れた末じゃない

綿のような雪が、絶え間なく舞っている。雁木に覆われた通りに、三味線の音が響いた。手馴れた撥捌きに合わせ、張りのある澄んだうたごえが続く。

梅か桜か　蓮華の花か
どこへ行きやる都のサー

2月、新潟県上越市の高田で、かつての盲目の女旅芸人、瞽女（ごぜ）さんの芸の一端を再現した場面だ。瞽女の旅姿に扮して三味線を抱え、歌いながら行くのは、瞽女唄を継承する三味線奏者、民謡歌手の月岡祐紀子さん（東京）だ。

同じように端が湾曲した「つま折れ傘」をかぶり、雪国の防寒着である「角巻き」を羽織った地元の女性2人も連れ立って歩く。そうだった。目の不自由な瞽女たちは3人あるいは4、5人で一組となる。いくらか視力のある人が先頭に立ち、道中の案内役を担うことも多かった。

瞽女の姿で雪の積もった街を行く

風呂敷包みを背負い、片手で杖を突き、もう一方の手をすぐ前の人の肩や背に添える。着物の裾をはしょって、蹴出し（けだし）にわらじ履きだ。

高田瞽女の場合、上越地方はもちろん北国街道や飯山街道沿いに飯山、長野、上田、佐久など旅の目的地は信州でも広かった。昭和30年代末に途絶えるまで年間300日は旅に費やした。信州番と呼ばれるものがあったほどだ。さらには群馬県の高崎方面にまで足を運んでいる。

１９９５（平成７）年発行の『飯山市誌』に瞽女さんの芸に接した市民の体験談が登場する。９月から10月ごろ「毎年いろいろな組が何回も来た。門付けをしては一軒一軒から少しずつの米をもらって歩いた」。

軒先から軒先を回っていく際に歌うのが門付け唄であり、ごく短い。村々の地主・庄屋の家が瞽女宿となり、食事も部屋も無料で提供される。この瞽女宿で演じる「葛（くず）の葉子別れ」「山椒大夫」「石童丸」

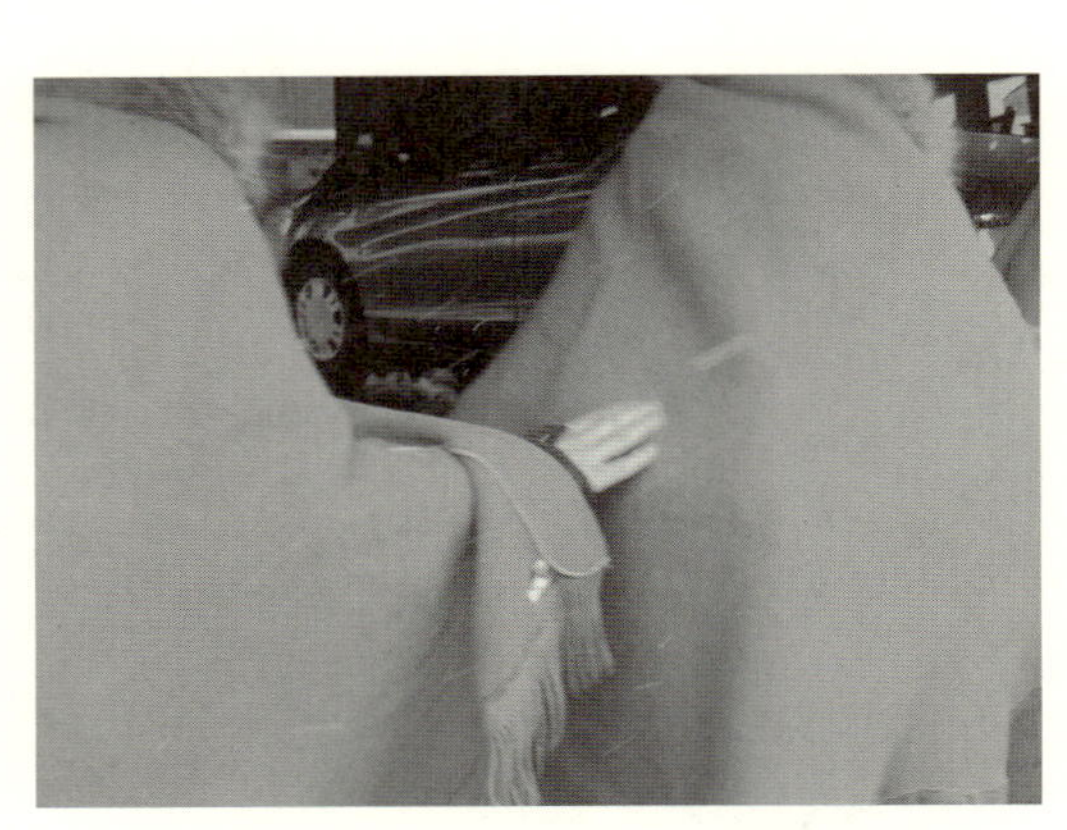

空いた手を前の人の背に添える

といった本番が、詰め掛けた村人の感涙を誘うのだった。

延々と長い演目の瞽女唄であっても、視力を欠くからには文字では覚えられない。先輩の親方と起居を共にし、幼いころから口伝えで記憶するしかない。三味線も、親方が弟子の背後から手を重ねて指に覚えこませる。日々の暮らしの合間合間に寸暇を惜しみ、体得していくのだった。
月岡さんの瞽女唄ライブを聴き終え、帰りのＪＲの列車から信越県境の闇深く雪の山野がとけ込んでいく光景に見入っていた。でも、寒々しい感じは全くわいてこない。人と人が交わるぬくもりを素直に、信じることができたからだった。

〔**雁木**〕冬の間、雪国の歩行者通路を確保するためのもの。各軒先から張り出して作る。各家が私有地を提供する「譲り合い・助け合い」の伝統を象徴する文化遺産だ。

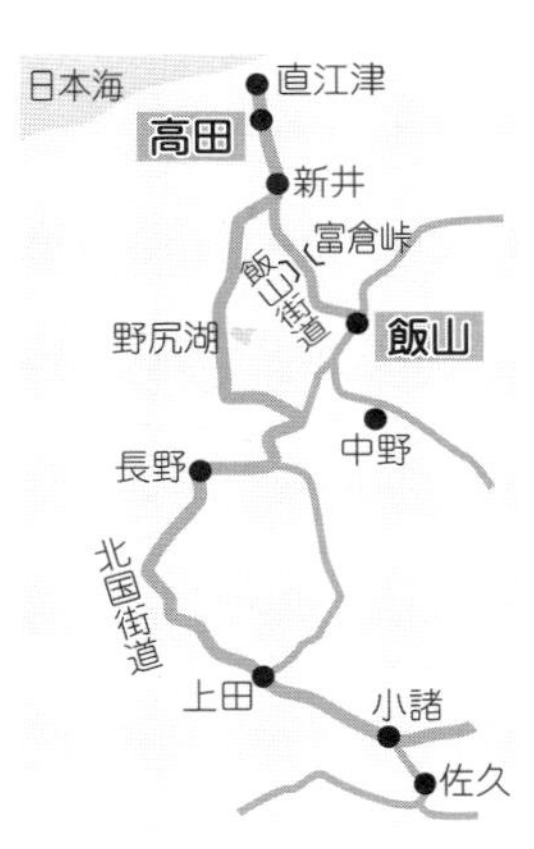

生糸で栄えた町の心意気

須坂小唄

野口　雨情　作詞
中山　晋平　作曲

山の上から　チョイと出たお月／誰れを待つのか　またれるか
ヤ　カッタカタノタ／ソリャ　カッタカタノタ
誰れも待たない　またれもしない／可愛(かわ)いお前に　逢(あ)いたさに
ヤ　カッタカタノタ／ソリャ　カッタカタノタ　（以下略）

旅に出たくても現実には難しい。要は気持ち次第、一歩家を離れただけでも、旅人の気分になれますよ…。そう江戸時代の俳人、与謝蕪村の一句が教える。

門を出(いづ)ればわれも行人(ゆくひと)秋の暮れ

２月の初め、須坂市へ小さな旅をした。「須坂小唄」で歌われる〈須坂よいとこ〉の歌詞にひかれてのことだった。粋な小唄を生んだ「生糸の町」の面影が、そぞろ旅心を刺激する。長野電鉄善光寺下駅を13時55分発の電車に乗る。

往時をしのばせる蔵の町

ホームで待つ間が寒かった。車内の暖房で体が温まり、ついうとうとしてしまう。ハッと目覚めた時には遅い。乗り越した。

次の北須坂駅で切符を回収する若い運転士さんに、その旨を告げる。すると「須坂駅に戻るにはここで25分も待つことになる。寒くてつらいでしょ。三つ先の桜沢まで行けば、ほどなく上り電車に乗り換えられますよ」。この日出合った最初の親切に感謝し、それに従った。

須坂駅に戻り、駅前の観光案内所に寄る。製糸業が盛んなころの繁華街は今の「蔵の町並み」であっ

屋敷のぼたもち石積み

たこと、往時をしのばせる道沿いの見どころなど説明が手際よい。うれしかった二番目の親切だ。

さて、肝心の「須坂小唄」である。1981（昭和56）年3月発行の『須坂市史』にこうある。

製糸工女が糸をひきながら歌う中には、卑猥（ひわい）なものも多い。これを改めたいと山丸組が工場唄の作成を作曲家の中山晋平に依頼する。

21（大正10）年の春、中山は作詞家野口雨情を伴って訪れた。23（大正12）年12月「須坂小唄」が完成。囃（はやし）のカッタカタノタは、糸枠の回転する音であり、「須坂小唄」は製糸業全盛期の文化的遺産、だと。

明治から昭和初めまで須坂は、南の岡谷に次ぐ北の製糸中心地だった。とりわけ越寿三郎（こしじゅさぶろう）が創業した山丸組は一時期、須坂の生糸生産高の半分以上を占めたほどだ。その工場唄が、須坂市民の唄になっていったのだった。

蔵の町並みでは、優雅で力強い石積み「ぼたもち石」が目に入った。現在はクラシック美術館となっている古い屋敷だ。町並みから少し離れて旧越家がある。旅人をもてなす「ふれあい館まゆぐら」。ここでは90歳になるというボランティアの女性がにこやかに、お茶と漬物のサービスをしてくれた。その話の楽しさに須坂よいとこを再び実感することができた。

前列左から野口雨情と中山晋平
（中山晋平記念館提供）

〔**ぼたもち石積み**〕丸い自然石の形を生かし、石と石との間を密着させて積む技法。難しくて手間がかかる。受け継ぐ石工は現存せず、生糸で繁栄していたころを象徴する一つだ。

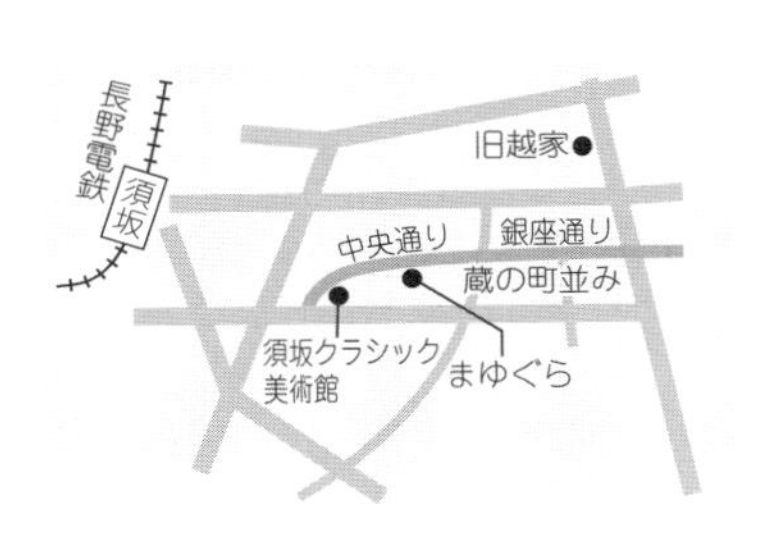

若者のときめきを野趣豊かに

番場節

ばんばは　よいとこ　よーいよい
ばんばナー　ばんばと　皆ゆきたがるヨイヨイ
ばんば居よいか住みよいか　ばんばはよいとこヨーイヨイ
（合唱）
ばんばの峠にゃ　お仙が待ってる
草刈りやめても　田の草おいても
お仙に逢わなきゃ　なんにもできない
ヨホホイノ　ホーイホイ

（日本民謡全集③関東・中部編）

江戸へ向かって東に右折していく中山道と洗馬宿（塩尻市）で分かれ、北国西街道は真っすぐ北を目指す。いわゆる善光寺道だ。松本を過ぎ、刈谷原峠と立峠の難所２つを上り下りし、もう１つの猿ケ馬場峠に立てば、いよいよ信仰の道のゴール善光寺平である。標高９６４メートル、今は聖高原の名で親しまれる。

この峠を挟んで南側の麻績宿（東筑摩郡麻績村）と北側の中原（千曲市）に伝わる民謡が「番場節」だ。峠には何軒かの茶屋があり、その１軒の看板娘「お仙」にまつわる物語が、艶っぽい彩りを添えてきた。

千曲市中原の旧街道

美人で愛嬌のあるお仙は、近在の若者たちの憧れの的だった。一目でいいから見たい、会いたい思いに駆られ、わざわざ峠まで草刈りに出かけていく。忙しい田の草取りもそっちのけで通う。

古今東西、若さとはそういうものなのだろう。歌われている通り〈お仙に逢わなきゃ　なんにもできない〉のだ。血気盛んな若々しい響きが伝わってくる。

番場節の元をたどると、「草刈り唄」とする説がある。そうであれば、夏は草いきれの中で汗にまみれ、秋は冷たい露にぬれながらの仕事だ。肉体労働の厳しさを、心ときめかせる歌声で紛らわせたのではないだろうか。

鉄道の篠ノ井線が敷かれていず、犀川沿いの道も整備されていないころのことだ。峠から峠へとたどる善光寺道が、松本平と善光寺平を結ぶ幹線だった。荷物を運ぶ人や牛、馬などに交じり、善光寺参りの善男善女が行き交う。旅人には茶屋での一休みが楽しみだ。

麻績村側のお仙の茶屋跡

今もお仙の茶屋跡があると聞き、峠へ急ぐ。麻績側の車道からそれ、急坂の善光寺道を下って平らになった辺りの広場がそうだった。傍らを弘法清水と名付けられた湧き水が流れる。

番場節は続く。

峠ナー恋しや　清水の茶屋のヨイヨイ

店にゃお仙が　待っている

こうして言い寄る若者の誰ひとりにも、お仙の気持ちはなびかなかった。ある日、１人の若い侍が立ち寄り、お仙に一目ぼれした。お仙も恋心を抑えられない。必ず戻ると言い残して去った侍は、木曽の山中で盗賊に殺される。そうとは知らずお仙は待ち続け、病に侵され、命果てた。陽気な歌の陰に隠された悲話だけに、なおさらいとしさが募る。

〔**草刈り唄**〕牛や馬が農耕に欠かせなかった時代、飼料にする草の確保は毎日の重要な仕事だった。その道中などに動物と間違えられたりしないよう、大きく長く響かせて歌った。

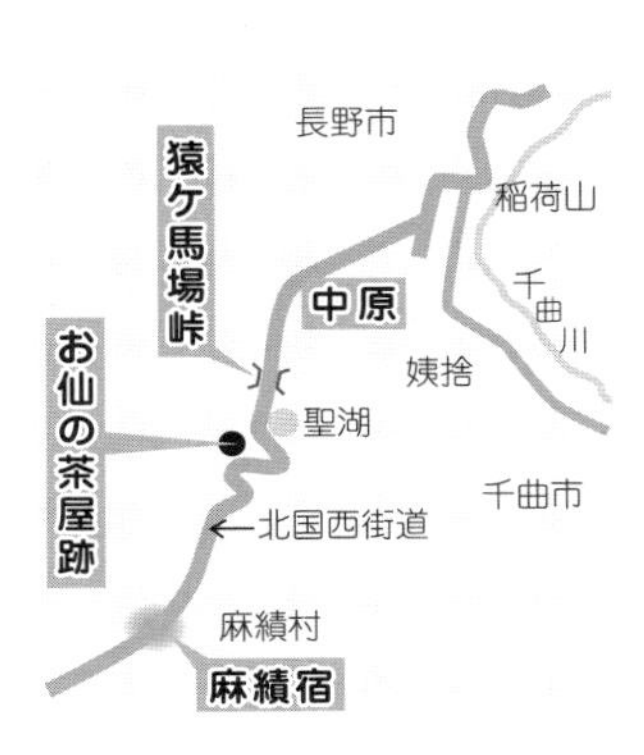

先祖や近隣ときずなを強く

新野（にいの）すくいさ

（音頭とり）
ひだるけりゃこそ　すくいさに来たに
たんとたもれよ　ひとすくい
（踊子返し）
たもれよたんと　たんとたもれよ　ひとすくい

「阿南町誌　下」より

どこか物悲しい。そして同時に、温かみのある詩情が漂い、広く愛されてきた。あえて意味を探るならば、「ひだるい」は空腹、ひもじいこと。「すくいさ」は、物をすくい取ること、人を救うことという二つの意味がかかっており、飢餓の時などの救済施設を指す。おなかがすいて苦しいので、助けてもらいに来ましたよ。たくさん下さいねー。こんなお願いのあいさつが込められている。下伊那郡阿南町新野の盆踊り唄を代表する一つ「すくいさ」の歌い出し部分だ。

熱気と興奮の踊り神送り

続いてこう歌われていく。

盆よ盆よと　春から待ちて
盆が過ぎたら　何ょ待ちる
(返し)
盆にゃおいでよ　7月おいで
死んだ仏も　盆にゃ来る
(返し)

古い宿場の面影が残る通りに組んだ音頭台に乗り、5、6人の音頭とりが音頭を発する。これに踊り子の返しが呼応し、掛け合いながら8月14、15、16日の3日3晩を

燃え上がる切り子灯ろう

踊り明かす。太鼓や笛などの楽器は一切使わない。ゆっくりとしたしぐさの踊りの輪に加われば、男も女もみんな平等、身分の上下も金持ちとか貧乏人とかの差もないのだという。

１９８７年発行の「阿南町誌　下」を開くと、古来この地方には旧暦7月のお盆、祖先の霊を祭る仏事が貧しくてできない家、食べ物に困る人たちに「すくいさ」の仕組みがあった。余裕のある家が、門前に米やアワなどを出しておく。それを苦しい人たちが盆の3日分だけ、すくってもらっていくことができた。誰もが亡き人の霊魂を迎えられるように心を配る支え合いだ。

一度、それもわずか2曲だけ、踊りの列に交じったことがある。ご親切な縁で一夜の宿と踊りの案内にあずかった。「ここの盆踊りは見るものじゃない。踊ってこそ、だよ」と、背中を押された。

3日間とも夜の9時ごろから始まり、日付が翌日に変わりいよいよ盛り上がる。とりわけ17日早朝、終わりを告げる踊り神送りの列が、ナンマイダンボ、ナンマイダンボと町外れへ向かう時だ。

もっと踊っていたい！　行列を押しとどめるかのように踊り子の集団が立ちはだかる。押し合いを繰り返しつつ朝もやを透かして日差しが注ぐころ、行列は広場に着く。音頭台を飾った新盆の切り子灯ろうに火がつけられ、花火が一発響いて人々は一斉に家路へ。もう振り向いてはいけない。

古風で人情味豊かな盆踊りが終わると、秋風の吹く時季が近い。

〔**7種の踊り**〕新野の盆踊りは扇子を持って踊るのと、持たない手踊りに分けられる。前者はすくいさ・音頭・おさま甚句・おやまの４種。後者は高い山・十六・能登の３種。

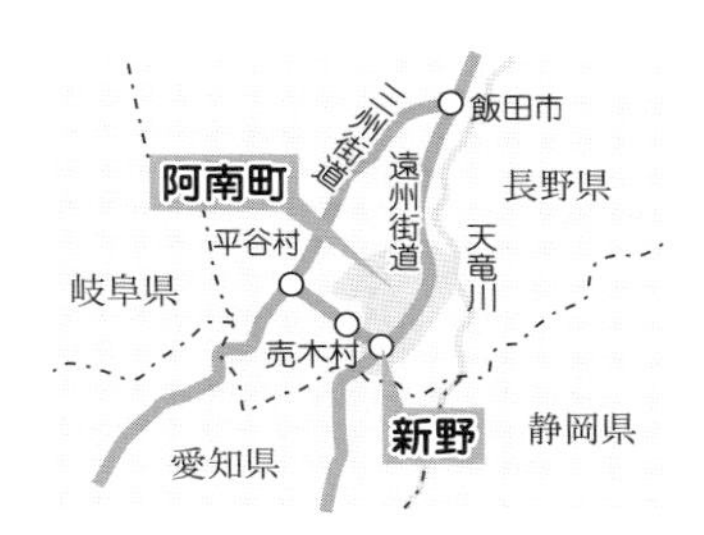

新生日本へ夢を生き生きと

憲法音頭

サトウハチロー作詞
中山晋平　作曲

一、おどりおどろか　チョンホイナ　あの子にこの子　月もまんまる　笑い顔
いきな姿や　自慢の手ぶり　誰にえんりょが　いるものか　ソレ
チョンホイナ　ハ　チョンホイナ　うれしじゃないかないか　チョンホイナ

二、古いすげ笠　チョンホイナ　さらりとすてて　平和日本の　花の笠
とんできたきた　うぐいすひばり　鳴けば希望の　虹がでる　ソレ
チョンホイナ　ハ　チョンホイナ　うれしじゃないかないか　チョンホイナ

飯縄山や黒姫山、いわゆる北信五岳が一望できる。遠くに山桜、近くにリンゴ、桃の花、足元に菜の花が競い合っている。広々ひらけた穀倉地帯、延徳田んぼの東寄り、のどかな山裾の道をたどった。長野電鉄延徳駅から歩いて20分足らず、〝童謡と唱歌のふるさと信州なかの〟を象徴する中山晋平記念館がある。

中野市大字新野（しんの）。青い屋根が目を引く建物だ。五線譜をかたどった門が訪れる人を出迎える。十数個の鐘を備えたカリヨンであり、朝の9時から夕方の5時まで、毎時ごとに「カチューシャの唄」や「あの町この町」など晋平の代表的なメロディーを奏でている。

中山晋平記念館の庭に立つ晋平像

中に入って自分の目で確かめたいものがあった。1947（昭和22）年5月に製作された「憲法音頭」のレコードである。何の変哲もない1枚の薄い円盤だけれども、日本の戦後史に刻まれた一こまが秘められている。

この年の5月3日に日本国憲法が施行された。第2次世界大戦に敗れて2年、新しい国づくりの始まりだ。

「憲法音頭」のレコード
（中山晋平記念館提供）

政府が先頭に立った新憲法の精神の普及活動が、大々的に展開される。学者や文化人を動員した全国津々浦々に及ぶ講演会の開催、小冊子「新しい憲法　明るい生活」の2千万部刊行などなどだ。

　こうした雰囲気の中で「憲法音頭」は誕生した。盆踊りさながらに歌い踊りつつ学ぼうというのだ。

「リンゴの唄」などの詞で人気のサトウハチロー、「東京音頭」はじめ多くの音頭を手掛けた中山晋平。2人がコンビを組んだところにも力がこもる。

　4番まであり、〈青葉若葉は　都に村に　小風そよ風この胸に　好いた同志がささやく若さ　廣い自由の晴れた空〉〈そんじょそこらに　ちょとないものは　春の櫻に秋の菊雪の富士山　海辺の松に　光りかゞやく新日本〉…。明るい詩句と軽やかな音調が、新たな国民生活への意気込みを表している。

　とはいえ現実の厳しさは容赦しない。国家主義と軍国主義から国民主権、平和主義へ憲法が描いた理想は、東西冷戦の国際的な緊張下、国内外の政治の波にもまれる運命に陥る。たちまちにして「憲法音頭」も、忘れられた存在への道を歩んだ。

あれから70年近い。いま小さなレコード盤が辛うじて、憲法が初々しく光彩を放ったころを思い起こさせる。ケースに納まった傍らには、踊りの振り付けの絵も展示してある。手の動きや足の運びをじっと見詰めていると、あたかも動画のように踊りの輪が回りだす錯覚にとらわれた。

サトウハチロー
（サトウハチロー記念館提供）

〔「われらの日本」〕「憲法音頭」のレコードのもう片面に吹き込まれ、対を成した歌。〈平和のひかり　天に満ち〉で始まり、「新憲法施行記念国民歌」とされた。

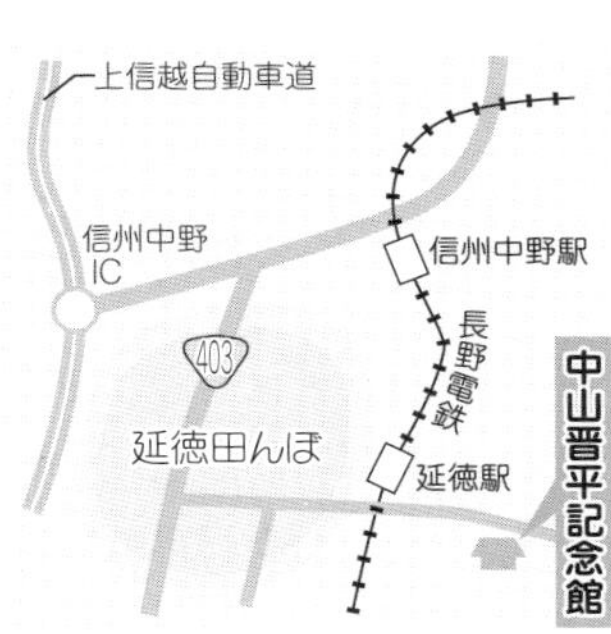

あとがき

文章をつづる際に苦しむことの一つが、言い表したい事柄にふさわしい言葉、語彙の乏しさだ。ぴたっとくる一語、納得のいくフレーズが浮かばず、絶えず歯ぎしりさせられてきた。その点、詩歌は、えりすぐった用語、ひらめきに富む言い回しの宝庫といっていい。読み味わうにつれ、うらやましく、また感服し、豊かな言葉の海に引き込まれていくのが常だった。

こうした詩歌とゆかりのある地を訪ね歩きたい―。こんな願望が、新聞記者時代の同僚で週刊長野新聞社の前編集長、横内房寿氏に「何か書いてみないか」と声を掛けられたとき、すぐさま脳裏に立ち現れた。２０１２（平成24）年1月1日付からほぼ1週置きに連載してきた「愛と感動の信濃路詩（うた）紀行」だ。

取り上げた詩歌一つ一つが、秘めた愛と抑え難い感動の物語を読む人に発信していることはいうまでもない。同時に、筆者自身が引き寄せられ、心動かされ、発祥の地や詠み込まれた舞台に足を運んで初めて生じた感銘を、できるだけ多くの人と共有したかった作品ばかりである。

例えば、作詞者不詳のままで通っていた「しずかな湖畔」が、恋心にあふれた青年の野尻湖からの一通の手紙に基づくと知ったときには、驚きと感激に突き動かされた。長野市の北部、山すそまで住宅地となった若槻東条。まだ一面に田畑だった時代。〝土の俳人〟桜井土音が鍬を振るいながら句作に打ち込んだ。そう想像するだけで、ふだん散策の場となっている一帯の風景が、がらっと違って見えてくる。当初は思い付きの域に近かった構想だったが、これらの新たな知見が、確実に前へ推し進めるエンジン役になった。

今回、信濃毎日新聞社出版部が、信毎選書の中に加えてくれたことは、まことにありがたい。週刊長野は、主に善光寺平を配達地域としている。信濃路詩紀行は長野県全域に取材対象を広げた。本になることで東信、中信、南信の皆さんにも、手に取っていただける機会が増える。うれしく、また楽しみだ。

出版に当たり、随所で装いを新たにした。まず、作詞者、作曲者、歌人、俳人、詩人など主役の方々の肖像写真を掲載した。どんな人なのかイメージが浮かぶことにより、親しみが倍加するのではないだろうか。桜井土音は俳人としての実績の割に句集もまとまっていない。従って肖像写真も目に触れる機会が少ない。ご家族の厚意で句碑除幕式のスナップを披露できて何よりだった。

思わぬ発見もある。詩人津村信夫の妻昌子の生まれた年は、信夫全集などの年譜で１９１４年となっている。ところが、正しくは1年違いの１９１３年であるとご家族に教えられ、証明書でも確認して訂正できた。人の経歴にかかわるこの種の間違いは、案外多いのではないかと痛感させられた。

こうした意味では、出版に合わせて大きくリニューアルされ、生まれ変わったと言えなくはない。これらの作業の多くを出版部の伊藤隆部長が引き受けてくれた。週刊長野編集部、取材先でお世話になった皆さん、研究者、貴重な写真や資料を提供してくださったご家族、関係機関など各方面の方々にあらためて感謝申し上げたい。

２０１６年11月　　花嶋堯春

主な参考文献

「長野県文学全集　第Ⅳ期　詩歌編」郷土出版社
「日本童謡事典」（上笙一郎）東京堂出版
「現代短歌大事典」（篠弘・馬場あき子・佐佐木幸綱監修）三省堂
「現代俳句大事典」（稲畑汀子・大岡信・鷹羽狩行監修）三省堂
「日本民謡事典」（長田暁二・千藤孝蔵）全音楽譜出版社
「信州の歌人たち」（福沢武一）信濃毎日新聞社
「信濃路の俳人たち」（藤岡筑邨）信濃毎日新聞社
「信濃のわらべうた」（長野県音楽教育学会）音楽之友社
現代口語訳　信濃古典読み物叢書「信濃の詩歌Ⅰ、Ⅱ」（信州大学教育学部附属長野中学校創立五十周年記念事業編集委員会）信濃教育会出版部
「詩歌　信濃路の旅」（信濃毎日新聞社）信濃毎日新聞社
「菜の花　夕焼け　里の秋　唱歌・童謡のふるさと信州」（長野県立歴史館）郷土出版社
「信州ゆかりの日本の名歌を訪ねて」（大内壽恵麿）ほおずき書籍
「信州・ふるさとの歌―歌声は山なみ遥か」（長野県商工会婦人部連合会）ほおずき書籍
「信州　ふるさとの歌大集成」（監修　市川健夫　吉本隆行）一草舎出版
「信濃路の詩碑」（矢島幸雄）銀河書房
「碑文は語る」財団法人　八十二文化財団
講談社現代新書「日本の恋の歌　万葉から現代まで」（山本健吉）講談社
岩波ジュニア新書「恋の歌、恋の物語　日本古典を読む楽しみ」（林望）岩波書店
現代教養文庫「名歌鑑賞―古典の四季―」（前川佐美雄）社会思想社
新潮文庫「詩のふるさと」（伊藤信吉）新潮社
中央文庫「日本の詩歌　別巻　日本歌唱集」中央公論社

「日本民謡全集　関東・中部編」雄山閣出版
「高野辰之と唱歌の時代―日本の音楽文化と教育の接点をもとめて―」（権藤敦子）東京堂出版
「言葉をかみしめて歌いたい童謡・唱歌」（由井龍三）春秋社
「唱歌・童謡　100の真実」（竹内喜久雄）ヤマハミュージックメディア
「童謡・唱歌・みんなのうた」（新星出版社編集部）新星出版社
「信濃教育」（1284号　平成5年11月）特集　草川信の人と業績
「―明治文化の至宝―伊澤修二」（森下正夫）伊那市教育委員会
「日本詩人全集　島崎藤村」（島崎藤村）新潮社
「津村信夫全集　第一巻」（津村信夫）角川書店
「北信濃の歌　津村信夫の思い出」（津村昌子）花神社
岩波文庫「新版　きけわだつみのこえ」（日本戦没学生記念会）岩波書店
「一茶全集」（信濃教育会）信濃毎日新聞社
人物叢書「小林一茶」（小林計一郎）吉川弘文館
「虚子の小諸　評釈『小諸百句』および小諸時代」（宮坂静生）花神社
「私は何をしたか　栗林一石路の真実」（栗林一石路を語る会）信濃毎日新聞社
「俳人　加舎白雄と門人たち」上田市立博物館
「日本現代文学全集　第23巻　夏目漱石集第1巻」（伊藤整等編）講談社
「前沢誠助が女優にした松井須磨子の実像」（大塚利男）
「赤彦歌集」（斎藤茂吉・久保田不二子選）岩波書店
「土田耕平著作集」（土田耕平）謙光社
「作家の自伝63　有島武郎」（有島武郎）日本図書センター
「詩歌にうたわれた飯山」（古田十一郎「とうど塾」講演集）飯山市社会福祉協議会
「宗良親王全集」（黒河内谷右衛門）甲陽書房
「平家の谷　秘境秋山郷」（市川健夫）令文社
「松本高等学校同窓会会誌　最終号」松本高等学校同窓会

花嶋　堯春（はなじま・たかはる）
1939年静岡県森町生まれ。62年東北大学文学部国文科卒業、信濃毎日新聞社に入社。77年論説委員となり、80年からコラム「斜面」を25年間担当。2005年常務取締役論説主幹を退任。八十二文化財団の機関誌「地域文化」に2005年～12年「碑文は語る」、12年～15年「詩歌でたどる　塩・人・道の物語」を執筆。著書に「生きるって素晴らしい－信毎『斜面』の25年」（信濃毎日新聞社）。

日本音楽著作権協会（出）許諾第1611215－601号

Shinmai Sensho
信毎選書　21

愛と感動　信濃路うたの旅（上）

2016年12月11日　初版発行

著　　者　花嶋　堯春
発 行 所　信濃毎日新聞社
〒380-8546　長野市南県町657
電話 026-236-3377　ファクス 026-236-3096
https://info.shinmai.co.jp/books/
印刷製本　大日本法令印刷株式会社

ISBN978-4-7840-7295-8 C0395

定価はカバーに表示してあります。
乱丁・落丁本は送料弊社負担でお取替えいたします。